CW01203707

Mauvais génie

Marianne Denicourt
et Judith Perrignon

Mauvais génie

Stock

© Éditions Stock, 2005

À Marianne Denicourt,
le 2 avril 2002.

Ma petite Marianne,

La rumeur – qu'elle va vite celle-là – me rapporte que tu serais au courant du scénario d'un des deux films que je m'apprête à tourner. On me dit même que tu aurais une version – et pas la bonne ! – sur ton bureau... J'imagine tes angoisses et je voudrais les apaiser. Ça me rappelle mon papa quand il avait trouvé par hasard mon premier scénario.
Ne te fais pas de mauvais sang Marianne. Ce film n'aura rien à voir avec toi. Ce sera très gentil, très bon, très doux pour le personnage féminin. N'écoute pas les bêtises mondaines. Je suis pudique, discret. Je ne sais faire que des films de fiction et des films gentils pour mes proches. Je ne suis pas un cinéaste de la cruauté. La cruauté ne m'intéresse pas.

Arnold

P.-S. Je pense à mes anciennes compagnes et je me dis que, putain, c'est pas facile, ça fait très peur de sortir avec un écrivain ou une écrivaine. Parce que la conception d'une œuvre, c'est brutal pour l'entourage. Mais les films et les livres sont gentils, parce qu'ils sont de la fiction. Ils nous font du BIEN.

Arnold Duplancher s'est levé tôt. Il a laissé les draps chiffonnés et sans personne à l'intérieur. Vérifié dans la glace sa tête de blond qu'il aurait voulu brun. Ébouriffé ses cheveux comme si le souffle de la jeunesse passait par chez lui chaque matin. Et grimacé de douleur en se brossant les dents. Il est huit heures, d'après la radio. L'écho du monde est triste et répétitif. Arnold Duplancher, maintenant posé sur l'accoudoir du fauteuil du salon, a les yeux qui hésitent. Qui se plissent par habitude de la grimace. Qui effleurent à la dérobée le petit bourrelet que fait son ventre une fois le bouton du jean fermé. Qui se posent sur le téléphone qui ne sonne pas.

C'est mercredi, jour des enfants qu'il ne veut pas avoir, jour de sortie de son sixième film. Et personne pour l'emmener respirer le qu'en-dira-t-on. Naguère, il y avait toujours un ami, une amante, un cousin qui s'en chargeait, l'escortait, le protégeait de l'encombrante et vieille déprime. Mais ils ne viendront pas. Alors Arnold finit par enfiler lentement sa veste treillis imprimé camouflage, attrape sa sacoche, ferme les trois verrous de sa porte, et descend l'escalier. En arrivant sur le trottoir, il jette un coup d'œil à droite, à gauche. Un peu à la façon de Robert Redford dans *Les Trois Jours du Condor*. Nuque raide sous le col relevé de la veste, l'œil vif. Arnold tâte sa poche. Sa boîte de Lysanxia est là.

Arnold Duplancher est un homme reconnu, il est un nom, une marque déposée, le prodige d'une génération de cinéastes, un homme qui n'affole pas la rue mais ceux qui ont la charge de réfléchir pour elle. Très jeune, il a compris que pour s'établir dans le monde il fallait tout faire pour y paraître établi. Il a donc converti ses sensations et ses désirs en pensées, lesquelles sont désormais très cotés sur le marché de l'intellect parisien. Arnold Duplancher flotte dans l'air du temps en baskets et combinaison camouflage, tel un satellite qui décode les amours, les mœurs, les modes et les coucheries de son époque.

Il rayonne depuis le canal Saint-Martin jusqu'aux jardins du Luxembourg où il court parfois le soir. Secrètement, il rêve de monter plus haut, d'émettre beaucoup plus loin, d'être vu, petit point lumineux de passage que l'on prendrait pour une étoile filante, depuis New York, berceau de ses idoles. Lui n'est pas homme à observer le ciel. Il se regarde dans les yeux des filles, dans les colonnes des journaux, dans le reflet des affiches et des vitres du métro. Il se penche parfois, dans l'intimité de son appartement, sur son nombril, que depuis tout petit il aime nettoyer des peluches laissées par les pull-overs.

C'est aujourd'hui un homme qui se sent traqué. Ceux qui lui en veulent savent où il habite, à quelle heure il se lève, où il boit son café et achète ses journaux... Normal, ils sont tous d'anciens amis, voire d'anciennes amours. Ils rêvent de lui casser la gueule. Duplancher connaît leurs méthodes. Il a trouvé un jour dans sa boîte aux lettres un pigeon mort avec les pattes coupées. C'était il y a quelques années, à propos d'un autre de ses films... Il en reste une main courante au commissariat du quartier. Et une allergie déclarée à la plume. Cette fois, c'est Marianne qui pourrait débarquer et lui filer une baffe, elle pourrait aussi lui envoyer quelques doublures musclées du cinéma, ou un gros bras tatoué qui dompte les éléphants dans un cirque de province.

Il avance, brassant mille agressions possibles, passant le bitume au peigne fin. Lorsqu'il arrive au kiosque, il a déjà transpiré dans son tee-shirt, il est essoufflé, il a marché vers la presse comme on nage vers une bouée en pleine mer. Là, tout est à sa place, bel alignement qui lui rappelle les millefeuilles dans la vitrine de la pâtisserie de la rue Inckermann, à Roubaix. Enfant, il les contemplait longtemps pour être sûr de choisir le plus gros.

Au kiosque, Samuel lui sourit. C'est le fils du vieux Nathan, il a repris l'affaire voilà un an. Arnold lui rend son sourire. Il préférait quand c'était le père, petit bonhomme au visage émaillé qui lui tendait une main sèche et amicale. Chaque fois, Arnold guettait le mouvement de la chemise que le vieux ne boutonnait pas sur son poignet, il apercevait alors les chiffres de la déportation et frissonnait de ce contact avec l'histoire. Nathan lui avait maintes fois, à sa demande, et dans les moindres détails, raconté sa jeunesse amputée. Puis ses vertèbres usées l'avaient renvoyé chez lui devant les programmes de l'après-midi à la télévision. Arnold lui avait bien conseillé d'écrire un livre. Mais toujours le vieux Nathan souriait et répondait :

– J'ai assez travaillé... et puis d'autres l'ont fait mieux que moi.

Désormais, dans la lucarne du matin, c'est Samuel qui vend l'information. Il porte des tee-shirts qui laissent voir ses bras velus, il écoute fort sur la FM les bruits d'une époque insouciante. Arnold ne serre plus la main du survivant. Il faut qu'il demande son adresse, le vieil homme lui manque.

– Comment va votre père ?
– Bien, bien, il se plaint pas. Il sort un peu en fin d'après midi, sinon il reste chez lui. Il m'a dit qu'il passerait peut-être dans le quartier aujourd'hui ou demain...

Duplancher attrape *Libération*, *Télérama*, *Les Inrockuptibles*, *Les Cahiers du cinéma*, tend la monnaie, puis s'en va, toujours transpirant, la reconnaissance sous le bras.

En marchant jusqu'au café de ses habitudes, il jette encore quelques regards obliques. Rien. Il pousse la porte du Rostand. S'installe. Pose ses journaux, ses trois paquets de cigarettes sur la table. Deux de blondes, Chesterfield et Lucky Strike, des brunes sans filtre. Il a rendez-vous dans une demi-heure avec Cacheton, son producteur et ami – dans quel sens faut-il ranger les mots ? il ne sait pas bien, c'est selon les jours. Il se met à la lecture. Il ne peut envisager le déplaisir ou la mauvaise surprise, ses mains font sereinement défiler les pages, elles trottent vers la récompense, en connaissent les mots et les auteurs.

Car la veille *Le Monde* a donné le ton : « Précédé d'une rumeur crapoteuse qui voudrait, selon une tendance en vogue, que dans ce film le cinéaste règle quelque compte sentimental personnel, *Rois et reine* nous emporte bien au-delà de ces pathétiques devinettes à clés. Il nous emmène en ce lieu magique où l'insondable cruauté du règlement de comptes permanent qui occupe l'existence de tout un chacun – entre l'homme et la femme, le père et l'enfant, la vie et la mort – est transsubstantié par l'esprit et la beauté d'un art qui nous donne, chaque fois qu'apparaît une œuvre de cette dimension, quelques raisons d'y croire encore. »

Le journal du soir le protège. Il a appris par cœur un court passage d'une ancienne critique. « Cette œuvre à la beauté convulsive, pétrie d'inquiétude, zébrée d'intuitions géniales, foisonnante d'hypothèses, s'apparente, au risque de la saturation, au tir tendu de fusées éclairantes dans la nuit noire du processus créateur. » Arnold Duplancher aime cette phrase. Il est à lui tout seul un 14 Juillet.

Il lit et lit encore. Chaque adjectif, chaque verbe est une coulée de crème douce et sucrée sur les parois de son estomac. Il aime la protubérance du discours. Elle est dans ses films, déteint sur la critique. Elle est sa toile patiemment tissée de mots, de références savantes. Elle l'enveloppe, le protège, lui donne l'illusion de l'importance ainsi qu'à ceux qui l'approchent, charmés puis ligotés. Arnold Duplancher est un trappeur moderne.

Mais voilà qu'il a mal au ventre. Il a mangé trop vite. Il reconnaît cette brûlure, increvable et familière vipère qui se love dans les coudes de son intestin depuis qu'il est tout gosse. Enfant, il se recroquevillait sous la table en attendant qu'elle passe, cette souffrance d'être au monde. C'est d'ailleurs dans un moment comme celui-là qu'à l'affût de tous, père mère frangin et frangines, simplement poursuivi par cette fichue douleur résistante à toutes les poudres du pharmacien, il décida d'être intelligent. Il se souvient de cette décision, de ce moment précis où la vocation lui apparut comme à d'autres la Sainte Vierge. C'était un samedi, il devait être deux heures de l'après-midi au vu de la poussière et des miettes qui virevoltaient encore sous la table. Sur le moment, cela fit grand bien à son intestin.

Mais il ne peut plus se mettre en boule. Il est trop grand. Et puis on le regarde. Un type baraqué vient d'entrer. On le dirait tout droit sorti d'un cirque avec son maillot rayé et moulé sur ses muscles. Arnold Duplancher s'en veut de céder à la panique. Sous la peau de son ventre, c'est le grand huit. L'heure du premier cachet de Lysanxia.

Cacheton arrive, en retard. Il a naturellement déjà tout lu. Les affaires sont les affaires. Ce fils de bonne famille aurait préféré s'offrir une équipe de foot. Il a révisé ses rêves à la baisse. Il s'est offert Arnold Duplancher, un cinéma dans le Quartier latin, et laisse transpirer ses regrets dans l'écharpe trois couleurs du Paris Saint-Germain qu'il ne quitte jamais. Il s'assied.

– Canon, la critique, on l'a niquée Marianne avec *Le Monde*. Et pas un qui trouve que c'est trop long... Tu sais leur parler ! Tu te souviens, au début, fallait leur filer le mode d'emploi...

Duplancher se souvient très bien. Cannes 1996. Cellule de crise suite à la projection du film, parce que le critique des *Cahiers du cinéma* n'avait pas bondi d'enthousiasme. Puis descente en règle, et en nombre, au bar du Carlton, pour le nettoyer de ses doutes. En deux heures, c'était plié, il aimait.

– Mais qu'est-ce que tu regardes là-bas ? demande Cacheton.

– Rien, je surveille.

– Quoi... Tu crois qu'on va venir te casser la gueule ?

– J'ai comme l'impression qu'il y a un contrat sur moi.

– Elle bougera pas ! Qu'est-ce que tu veux qu'elle fasse ? C'est du roman. On est protégé par la fiction. Tu sais ce que m'a dit Touitou, l'autre jour ? « De quoi se plaint-elle ? Quand on couche avec Kafka, faut s'attendre à se retrouver dans ses livres. » Kafka... Canon, la référence !

Duplancher continue ses grimaces. Dans

son ventre, c'est carrément la foire du Trône.

— Je vais quand même pas te payer un garde du corps !

À peine a-t-il lâché ces mots que Cacheton croit entrevoir la lueur du caprice dans l'œil de Duplancher. Il la connaît bien.

— Je sais bien que je t'ai déjà offert le Concorde, mais vas-y mollo, t'es une vraie femme de footballeur ! Je suis au bord de la pension alimentaire, moi !

— Mathilde est pas revenue ?

— Elle dit qu'elle reviendra à condition que je fasse une thérapie, elle dit même que t'as qu'à me filer une adresse.

— Tu sais c'qu'en pense ma psychanalyste : on se repasse pas les psy comme les nanas.

La psychanalyste en question, c'est Marianne qui l'avait trouvée pour Arnold. Une dame aveugle, qui lui ferait du bien et « ne l'inhiberait pas dans sa création ». Elle lui avait répété ces mots. Arnold avait repoussé l'offre de haut. Puis il était allé fouiller dans son sac pour recopier les coordonnées. Il aime que les femmes épongent ses plaintes ruisselantes, parfois torrentielles, mais jamais elles ne doivent infléchir le cours de sa vie. Duplancher et Cacheton passent encore une petite demi-heure au bistrot. Ils parlent des critiques, des filles, des sous qui manquent, des feuilles à envoyer aux Assédic, du prochain match du PSG, du prochain film. Ils sont comme un vieux couple, ils se font des confidences, ne font pas semblant d'avoir du cœur et se méfient l'un de l'autre. Duplancher jette parfois des coups d'œil alentour, tire nerveusement sur sa sixième cigarette coincée entre le pouce et le majeur, posés si près de la bouche qu'ils semblent se consumer aussi.

– Qu'est-ce que tu as à la main ? demande Cacheton.

– Je me suis brûlé..., répond Duplancher en rangeant ses cigarettes dans sa poche.

C'est le signe du départ.

– J'ai rancart.

– Chez la psy ?

– Non, le dentiste.

La nuit, Arnold Duplancher grince des dents. Parfois si fort que l'émail ne résiste pas. Ce matin encore, il y avait des petits morceaux de dents sur l'oreiller.

À Daniel Auteuil,
le 10 avril 2002.

Monsieur,

N'ayez crainte, je ne vous écris pas ce courrier pour plaider, fulminer ou vous convaincre de quoi que ce soit, mais pour vous parler un peu, d'homme à homme, de choses personnelles, et de soucis que nous avons peut-être en commun. Je suis d'une maladresse pathologique au téléphone ; je ne sais pas m'en servir, et c'est plus direct pour moi, plus humain de vous écrire.

Je sais que vous désapprouvez un scénario que j'ai écrit, et je crois savoir que vous craignez qu'il ne blesse Marianne. Je dois avouer que, bêtement – je suis si vaniteux –, j'ai été touché qu'un acteur aussi immense que vous puisse être touché par un texte que j'ai coécrit.

Mais vous êtes ou fûtes le compagnon de Marianne bien plus que moi. Nous la connaissons tous les deux, et je me fais du souci pour elle. Je crains que de mauvaises âmes, pour des raisons qui me restent opaques, ne soient en train de la plonger dans la folie, croyant la protéger.

Bien sûr qu'un réalisateur aussi minoritaire que moi peut être détruit assez aisément. C'est une menace avec laquelle je dois vivre, et si je voulais être plus protégé, je n'avais qu'à écrire des films majoritaires.

Le désarroi dans lequel Marianne se trouve actuellement me rappelle d'une façon affreuse l'épisode psychotique de sa mère Denise, qui se rendit un jour à Avignon pour empêcher une pièce de théâtre que Bernard, son mari, avait écrite. Le rapprochement entre ces deux situations me semble terrible et vertigineux.

Nous sommes, vous et moi, j'en suis sûr, des hommes d'honneur, et vous savez comment une interprétation analytique abusive peut <u>tuer</u>. C'est pourquoi je vous implore de garder pour vous ce courrier. Ce que je vous confie là est dangereux et doit <u>absolument</u> rester entre vous et moi. Interpréter Marianne en dehors du cadre protégé et confidentiel d'une psychanalyse est le plus grand péché (selon la médecine et le Talmud) et nous devons la laisser débrouiller ces fils à son rythme, avec son analyste.

Plusieurs fois dans ma vie, des gens proches sont tombés sur mes scénarios avant de voir les films, et ont cru en mourir. Je peux me flatter que mes films – qu'ils soient réussis ou ratés – ont toujours été bons pour mes proches. Je ne sais pas être un cinéaste méchant.

Seul l'aveuglement insensé de Juliette Binoche vous empêche de voir que Nora est un portrait de femme admirable, doux, aimant, une grande héroïne de cinéma. Tout le film est un panégyrique de ces femmes que j'ai connues, et rien dans le film n'est un « règlement de comptes ».

Comprenez, Monsieur, que je ne vous demande pas de ne pas empêcher ce film. Faites ce qu'il vous semblera bon et honnête, faites pour le mieux.

Non, Marianne n'est pas attaquée. Non, elle n'est pas seule avec les drames qui ont jalonné sa vie ; je n'ai que tendresse pour elle et je sais tout le bien que vous lui avez donné.

Respectueusement,

Arnold Duplancher

Juliette Binoche avait reçu le scénario d'Arnold Duplancher. Elle y avait tout de suite reconnu l'histoire de Marianne. Alors elle l'appela pour savoir si elle était au courant du projet. D'abord Marianne ne voulut pas y faire attention.

– Je le connais, ce type, je veux même pas lire.

– Tu devrais... Moi j'ai immédiatement pensé à toi et je ne pourrai pas aller plus loin si ça peut te gêner ou te faire du mal.

Après un silence, Marianne demande :
– Il y a un gamin dans l'histoire ?
– Oui.
– Il a quel âge ?
– Dix, douze, je crois.
– Son père est mort ?
– Oui, il revient en fantôme...

Marianne connaît ce fantôme. Elle ne le craint pas. Il l'a trop aimée pour l'envahir et lui demander de vivre au diapason de son absence. Il a laissé un fils. Et quelques livres auxquels il tenait. Il escorte Marianne discrètement depuis bientôt vingt ans.

Septembre 1985. Marianne dort. Il doit être minuit passé. Elle est encore élève actrice à Chaillot, où elle a rencontré, quelques mois plus tôt, Joël. Très vite ils sont tombés amoureux. Il l'a rejointe dans son deux-pièces de la rue Notre-Dame-des-Champs, pour une esquisse de vie à deux. Doucement la sagesse s'installe, sans que l'insouciance des jeunes années ait à en souffrir. Le théâtre fait office d'horloge et de compte commun. Ils ne rentrent pas toujours à la même heure, laissent parfois les clés à l'intérieur. Alors, lui ou elle ont pour habitude d'enjamber la fenêtre sur le palier, de faire un pas sur la corniche et de pousser la fenêtre toujours entrouverte de la cuisine.

Marianne dort. Enceinte de quelques semaines. Engourdie par la fatigue des débuts de la grossesse. Elle a laissé Joël et un ami en train de discuter dans un restaurant à deux pas de chez eux. Il a regardé sa montre et promis de la rejoindre vite.

Il est plus de minuit. Un cri. Son cri. Qui transperce Marianne. Balafre à jamais son sommeil, ses songes, sa vie et celle qu'elle porte. Il dit tout : le passage habituel par l'extérieur, le pied qui glisse sur la corniche, la chute depuis le quatrième étage, la fin toute proche.

Elle l'appelle en se redressant brutalement sur le bord du lit. Elle se lève. Son corps tangue, la douleur égare ses mains, ses yeux. Elle va jusqu'à la fenêtre ouverte. Elle le voit gisant dans la cour faiblement éclairée par les fenêtres encore allumées. Alors elle compose le numéro de son père, son premier secours, lui dit dans un sanglot que Joël est tombé et qu'elle a besoin d'aide. Elle attrape la couette encore chaude de son premier sommeil, et dévale les escaliers. Près de lui, elle s'agenouille, couvre son corps. Puis elle pose la main sur son cœur. Il bat encore, d'un pas faible qui s'éloigne. Sous sa paume, Marianne guette la moindre pulsation. Mais la vie n'est plus en cadence, la respiration n'est plus que râles. Sa main reste là, encore quelques minutes. Un léger spasme. Une dernière aspiration. Elle reconnaît le dernier soupir. Et la lumière qui s'éteint dans les pupilles de son compagnon.

Marianne hurle. Elle colle sa bouche sur sa bouche, mais trop de sang en sort. Du premier étage, une voisine lance : « Si vous êtes croyante, il faut prier. » Son père arrive en même temps que les pompiers. Il l'attrape, l'éloigne vers la rue, tandis que les secours se penchent sur le corps de Joël. Le temps de constater qu'ils ne peuvent plus rien.

La suite n'est que digues contre le chagrin. Marianne retourne vivre un temps chez ses parents, reprend les cours de théâtre, à Nanterre désormais. Elle ne tente pas d'effacer, ni d'oublier, les faits se chargent même de marchander avec sa conscience : et si elle était restée jusqu'à la fin du dîner... Mais, du fond de son avenir, un souffle remonte vers elle et la pousse. Elle est une jeune actrice enceinte et moins gaie que les autres, qui reste sur les planches jusqu'à la veille de son accouchement. Son fils naît en 1986, elle l'appelle Marius, elle n'habite plus chez ses parents, mais à côté. L'enfant, très vite, est proche de son grand-père. Afin qu'il hérite le nom de son père, Marianne écrit, comme c'est l'usage, une lettre au président de la République. Elle obtient ainsi l'autorisation d'épouser Joël, de manière posthume, et sans cérémonie. Elle porte encore son nom aujourd'hui.

Elle a reprisé sa vie, lentement, par l'envers de la douleur. Installé ses fantômes dans une enclave spacieuse de sa pensée, qu'elle visite régulièrement, sans jamais y emmener personne. Son père est là aussi. Dix ans après Joël, il est mort. C'était en août 1995. Un mois plus tôt, un chirurgien de l'hôpital de la Salpêtrière lui refermait le ventre, déposait son scalpel comme on le fait d'une arme, annonçait un cancer de l'estomac généralisé, et au mieux six mois encore à vivre. Son père choisit alors de quitter l'hôpital et de s'en aller mourir dans sa maison des Cévennes. Il demanda qu'on l'installe dans la pièce du bas, sur le canapé, face au tilleul centenaire invisible depuis sa chambre. Il est mort le 21 août. La cérémonie eut lieu au temple. Il fut enterré, selon son souhait, au cimetière du village. La tribu perdait son cacique. Marianne son premier secours.

***

Arnold Duplancher croise la vie de Marianne en 1990, au mitan de ces années-là. Entre deux deuils. Il n'est alors qu'un aspirant cinéaste qui cherche des acteurs pour son premier film. Elle vient faire des essais devant sa caméra, installe son fils et ses petits soldats dans un coin, puis commence. Duplancher, qui a appris à se souvenir des lieux, des gens, de ce qui se dit, connaît son histoire. Il est en manque d'histoire. C'est un chasseur de fantômes. Elle ne le comprendra qu'après, bien après.

Car la hâte et l'arrogance de Duplancher fraîchement débarqué de Roubaix ont alors quelque chose de joyeux et de dérisoire. Lorsqu'il affirme qu'il est contre le permis de conduire, parce que ça lui permet de mal se conduire, ses amis rient. Lorsqu'il déploie ses théories sur à peu près tout, les chauffeurs de taxi tous cons, les polos trop bourges, le rap, ou encore les femmes qui font l'amour sur les genoux, les mêmes laissent glisser, spectateurs amusés puis blasés de ses manies. Ils savent que ses théories naissent et fondent dans l'heure, ou bien se muent en obsessions. Mais lui, mot après mot, se sculpte en penseur. Il n'est pas d'objets trop petits pour sa cervelle gourmande, habile et bilieuse.

Un mois plus tard, le film est en tournage dans la maison familiale du Nord.

Il est accueilli par la critique comme une belle promesse de son univers intimiste. Duplancher a alors de très peu dépassé la trentaine, ce gong au-delà duquel on n'est plus un prodige. Mais ses cheveux en bataille, ses cigarettes brunes et blondes qui fabriquent un écran de fumée, ses certitudes que normalement l'âge délaisse, cet air de chef de bande lui font gagner quelques années. Il proclame à la presse : « À six ans, j'ai su que je lirais *Les Cahiers du cinéma*. » C'est d'ailleurs là, dans la sainte bible du cinéma d'auteur, qu'il avait repéré les visages de ses futurs acteurs, dont celui de Marianne. Il n'emprunte rien au hasard, et beaucoup au prestige.

Son film est projeté au festival de Cannes. Un matin, sur la Croisette, il dit à sa troupe : « Ce petit déjeuner, c'est grâce à moi. » Ils ont encore souri, pauvres amis qui ne sont que des débiteurs. Arnold Duplancher crée des dettes, pas des liens. Il est le chef d'une tribu qui lui doit les éloges, la carrière et les croissants.

Il écrit à Marianne. Drague Marianne. Supplie Marianne. Il n'entasse rien en lui-même, il répand son malheur d'amoureux, comme ses éphémères théories. Tantôt il se fait tout petit devant l'actrice, chien stupide qui guette la sonnerie du téléphone, nigaud qui ne demande qu'à s'amender pour la belle, et ça le rend drôle. Tantôt il se fait grand, l'assomme de références, de lectures, de son obsession du travail, l'enlace des illuminations volcaniques de sa parole, lui dit comme à tant d'autres « Tu es la meilleure au monde », puis « Tous les metteurs en scène sortent avec une actrice ». Il ponctue le tout d'un petit rire de Pygmalion dépressif.

Tout en elle lui plaît : son joli minois d'actrice, son passé gorgé de larmes, et son père, l'intellectuel, collaborateur de la revue *Les Temps modernes*, ami proche de Claude Lanzmann, l'auteur de *Shoah* qu'il rêve d'approcher. Pour toutes ces raisons, il se met à la désirer vraiment. Calculateur si brûlant qu'il en devient sincère. Elle est pour lui sainte douleur, chair à tripoter, d'une précieuse descendance dont un navigateur pressé des eaux troubles parisiennes ferait la sirène en proue de son navire.

Souvent il lui dit : « Je t'aurai à l'usure. » Elle rigole. Mais il a raison. La femme a souvent le diagnostic charitable, rien ne la touche autant que l'accablement d'un homme qu'elle croit supérieur. Marianne finit donc par céder, elle est comme un petit caillou, ensablé dans ses souvenirs, qui se laisse, à force d'insistance, emporter par le flot des mots savants et drôles de Duplancher. Il aura fallu deux ans. Le temps qu'il leur faudra pour rompre, sans avoir vécu ensemble. Leur histoire, c'est un long siège, puis une lente rupture. La conquête et la bagarre, dont Arnold Duplancher emplit sa vie. Il consomme du papier, fait l'inventaire de ses reproches et de ses maîtresses dans son journal intime à la couverture en carton rêche, agite, comme une preuve, les ordonnances du plus en plus longues de son psychiatre, en disant : « Tu vois, tu me rends fou. » Lui écrit des lettres enragées.

> Je me sens seul comme un chien. Pire que seul, sans moi, humilié de jouer le rôle de gros connard grande gueule quand toi, ça va, tu sais tenir ta langue. J'entends ce que tu penses : « Tes petits escarres de merde, tu peux te les renfoncer dans la gorge puisque, à douleur égale (c'est important ça, hein, À DOULEUR ÉGALE), moi, je suis digne quand toi, tu as le mauvais goût de penser plus de trois secondes à ce que tu sens. »

Il veut la défier au bras de fer du malheur, terrasser de toute sa banalité l'actrice balafrée. Mais elle décline la partie. Elle n'est pas une héroïne tragique. Elle lui cherche des médecins, parce qu'une simple tache sur la langue l'expédie aux pompes funèbres, elle lui cherche des excuses aussi. Et puis elle le quitte au cours du tournage d'un film qui le rendit célèbre, qui devise sur l'amour, le destin des hommes et l'image des femmes. Et offre à voir le corps amaigri d'une Marianne épuisée.

Cette histoire est depuis comme un robinet mal refermé. Elle laisse échapper un lancinant goutte à goutte, des mots, de l'amertume, des lettres.

Le 11 septembre 1995, quelques semaines après l'annonce de la mort du père de Marianne dans le journal, quelques mois après leur séparation, Arnold lui écrit.

> Je pense beaucoup à vous, à toi, à Marius. Il vient de perdre pour la première fois (c'est idiot mais je ne peux pas m'empêcher de te le souligner alors que tu le sais et que tu n'aimes pas que je dise ça) quelqu'un de tellement proche de lui, important, tendre...

Arnold Duplancher s'invite encore chez ses fantômes. Il ne peut s'empêcher de faire bon usage de la vie des morts.

***

– Et il y a son père à elle ? demande Marianne à Juliette.
– Écoute, je crois que tu devrais lire et voir par toi-même.
– Il est malade ?
– Oui... Mais je ne voudrais pas t'influencer, je voulais juste savoir si tu étais au courant et si tu étais d'accord avec ce projet.

Quelques jours après le coup de téléphone, Juliette Binoche a rendez-vous avec Arnold Duplancher, au restaurant La Rotonde. L'actrice a tenu à la rencontre, elle ne veut pas du rôle, elle ne veut pas en découdre, elle veut juste comprendre ce scénario violeur. Lui arrive à l'heure. Depuis quelques jours, il a fait circuler la nouvelle de ce dîner avec la star. Il veut l'entendre lui dire oui.

– Est-ce que Marianne est au courant ? demande-t-elle.

Duplancher pâlit.

– Je la connais à peine. J'ai fait quelques films avec elle il y a plus de dix ans, on est restés très peu ensemble, je ne la vois plus depuis longtemps, et surtout je ne vois pas le rapport.

Elle s'étonne. Il devient fuyant, aussi visqueux qu'un poisson qu'on veut saisir dans son bocal.

— Pourquoi tu ne l'as pas appelé *Règlement de comptes* ?

Il dégringole mentalement les marches de la gloire qu'il avait, dans ses rêves des derniers jours, tapissées d'une épaisse moquette rouge.

— Est-ce que tu te rends compte des conséquences possibles... surtout pour son fils ?

— Je n'écris pas n'importe quoi. Cette femme est une victime, une grande héroïne de cinéma. Tu sais, beaucoup d'actrices sont intéressées par le rôle !

— Je crois qu'Emmanuelle a refusé...

— Le rôle, finalement, n'était pas vraiment pour elle. Moi, je suis un admirateur inconditionnel de ce que tu fais.

— Si j'ai voulu te voir, c'est que j'avais besoin de comprendre. Tu veux te venger de quelque chose ?

— Je ne veux me venger de rien du tout. C'est de la fiction. Je vais te montrer le déroulement de l'action pour que tu comprennes que c'est un personnage de femme magnifique...

Il empile la vaisselle et déplie sur la table des feuilles collées les unes aux autres, les pans de son film à venir. Il y a maintenant devant lui comme un paravent blanc noirci de sa main, derrière lequel il enrobe sa déception et pare de milles vertus ses intentions.

Il sait qu'elle ne changera pas d'avis. Mais il retrouve de sa superbe. L'homme se définit par ses ennemis (ce n'est pas là la moindre de ses théories), il redevient donc le jeune prodige du cinéma d'auteur face à la vedette, l'intellectuel incompris face à la beauté des magazines, l'homme face à la femme. Il se fait flatteur, doux, aimable, mielleux même, c'est sa manière de ne pas insulter l'avenir, sa façon de contourner les reproches. Ses paroles et ses regards refusent à Juliette toute explication.

Elle repart, mal à l'aise d'avoir buté sur son sourire. Elle a scruté ce visage où rien n'est écrit pour remonter la piste de la méchanceté, elle a cru l'entrevoir sur le profil droit, mais a rapidement perdu sa trace. Elle s'en va bredouille.

Il s'en va sans déplaisir. Les mots et les doutes de l'actrice le suivent un moment et puis s'éloignent, couverts par le doux bruit de ses invisibles médailles d'artiste maudit sur sa veste camouflage. J'ai appris à vivre avec le fait toujours étonnant d'être haï, se dit-il. Tant pis si je suis trop tête à claques, délit de sale gueule, je serai puni, dénoncé, traîné en justice. Ce sont les risques que doivent accepter tous les romanciers !

Entre-temps, Marianne a lu.
Page 76 : « Je ne veux pas t'ouvrir, tu n'avais qu'à prendre tes clés »...

À Emmanuel Salinger,
le 3 mai 2002.

Emmanuel,

Ce petit mot pour trois raisons. D'abord pour te dire encore et à nouveau mon amitié et ma reconnaissance pour notre passé, même si nous sommes éloignés aujourd'hui.
J'ai régulièrement des nouvelles de toi, et de bonnes. J'espère que 2002 te verra tourner enfin ! Et est-ce que tu joueras dans ton film ?
Sinon, je songeais à rencontrer ton frère cadet pour qu'il joue dans le mien. Et je ne veux pas le faire si ça interfère dans tes rapports familiaux ou ton travail. Mais comme une citation enthousiaste de nos collaborations, ça pourrait être pas mal...
Enfin, Juliette Binoche a lancé un « contrat » contre moi, et du même coup plongé Marianne dans la panique. Cela fait longtemps que je ne l'ai pas vue, je n'ai pas l'habitude de voir mes anciennes compagnes. Tu me connais assez

pour savoir que j'ai l'esprit blagueur. Et tu ne me connais peut-être pas assez pour savoir ma tendresse pour Marianne, et mon amour vif pour mes personnages féminins. Je ne sais pas faire de méchanceté.

Voilà, ce petit mot pour te dire mon affection, quoi que tu en penses, quoi qu'on vomisse sur moi, me dénonce (?!) au CNC, aux chaînes de télé, aux distributeurs...

Toi et moi sommes de vieux amis de Marianne. Toi bien plus. Elle est terrifiée, comme mon père le fut lors de mon premier film. Je ne sais faire que des films bêtement gentils, et je ne sais plus comment l'aider.

Merde mille fois pour tes projets, avec toute ma fidélité,

Arnold

Sur son carnet de rendez-vous, la psychanalyste a griffonné un petit « f » – comme film – à l'heure d'Arnold Duplancher. Seize heures. Il arrive tel qu'elle l'attendait.

– Je fais une dépression. Mon film sort aujourd'hui. J'ai déjà avalé six Lysanxia...

Elle ne verra pas son film. Elle est presque aveugle. Ses yeux ne devinent que les silhouettes et s'aident d'une loupe pour déchiffrer les lettres. Mais le cinéma de Duplancher est pour elle un théâtre d'ombres familières, qui s'organise et répète entre les quatre murs de son cabinet avant de se donner en public. Elle en devine la trame et les répliques. Elle en connaît les personnages, la sœur, l'amante, le père, l'ami, le cousin, l'ex... Le générique de ses films se confond avec celui de la thérapie.

La psychanalyste suit Arnold Duplancher depuis huit ans. Un jour il lui a dit : « J'aurais voulu être brun aux yeux noirs. J'ai une horrible tête de Belge. » Elle a compris qu'il était blond. Elle s'est alors approchée tout près en plissant les yeux, elle a deviné un visage lisse vaguement froissé par ses grimaces, mais creusé d'aucune larme, d'aucune cicatrice. Elle se contente, depuis, du reflet et des mots de cet homme, qui charge sa sacoche des séminaires non publiés de Lacan, qui voudrait être l'égal de Woody Allen sur les podiums du cinéma et de la psychanalyse, qui cherche le frisson du drame faute de l'avoir connu, et croit marquer des points en perdant ses amis. Son diagnostic fut rapide : pervers, vraie pathologie, qui va bien au-delà de l'anathème moral. Ce qui veut dire : inamovible. Certains de ses films sont pur passage à l'acte, collage jouissif d'histoires volées à des proches, tissage qui ne parle que de lui et ne dit rien d'universel. Tous les journaux intimes ne restent pas dans l'intimité. Les siens, oui. Qu'importent alors, pour elle, les couleurs sur la pellicule. « F » comme film, ou comme foutu.

Et, tandis qu'elle regarde bouger les fils épais de la pathologie qui le gouverne, lui se voit modelant, pour le cinéma, la même matière qu'elle, la même époque, les petits bobos, les petites histoires, les petits-bourgeois. Il n'attend pas grand-chose d'elle. Il vient chercher là des justifications, des outils, de la matière grise. De quoi pouvoir assommer son prochain contradicteur : « Ma psychanalyste n'est pas d'accord avec toi. » Il le dit souvent. Il se croit manipulateur. Elle le sait manipulé par ses pulsions.

Arnold Duplancher s'installe sur la banquette au velours élimé.
Elle :
– Oui...
– Je me souviens au lycée, en quatrième, j'avais une petite amie que j'appelais mon malheur. Parce qu'on était malheureux à deux. Je ne peux plus compter le nombre de nanas que j'ai eues, c'est trop long, mais je sais une chose : c'est Marianne que je dois appeler mon malheur. Elle me poursuit, elle veut me démolir. Elle est folle de rage au sujet de mon film. Ce n'est pas ma faute si elle a eu des drames dans sa vie. Moi, je voudrais la protéger, je veux pas la

salir, mais elle, elle veut tout détruire. Aujourd'hui, je me sens menacé. Moi, jamais de la vie je ne la mettrai en danger. Si je fais référence à la vie des gens, c'est pour la sublimer, c'est une déclaration d'amour. En fait, grâce à la psychanalyse, je m'aperçois que je ne suis pas un créateur mais un interprète de la réalité.

– Mmm.

– Marianne n'a jamais rien voulu comprendre. Quand nous étions ensemble, j'appelais ça l'« ignorance de moi ». Je parlais, j'expliquais ce que j'avais dans la tête, elle se taisait, l'air de dire : « Si t'es fâché avec le monde, c'est tant pis pour ta gueule. » Moi, je parle parce que sans ça je deviendrais fou. Mes phrases me défendent du monde. Ma parole n'est pas pour autant un symptôme, n'importe qui deviendrait fou sans mots. Moi, ce sont mes mots qui rendent au monde sa réalité, et aussi un peu ceux des autres... C'est difficile d'être sûr que d'autres gens existent.

Ses mots... si transparents. De son doute, Arnold Duplancher fait une esthétique de créateur. Il est pourtant la marque évidente de son rapport pathologique à la réalité. La psychanalyste ne dit rien. Elle fait

« Mmm », parfois elle dit « Continuez ». Son silence abrite un soliloque souvent résigné, jamais surpris tant l'homme en face d'elle est prévisible. Elle l'emmènerait volontiers à la faculté jouer les cas d'école, comme ces squelettes qu'on installe devant le tableau noir des cours de sciences. Elle dirait à ses étudiants : « Voyez celui-ci : il est très intelligent. Sa cervelle est en effervescence, son cœur en vacances. Sa vésicule sécrète beaucoup de bile. Écoutez-le, laissez-le déverser ses phrases, ses histoires, ses souvenirs, ses rêves, ses projets et vous comprendrez que le pervers n'a pas accès à la vie, aux émotions, au plaisir. Il a besoin d'intermédiaires, besoin des autres, de leurs drames, de leurs échecs, de leurs parents, de leurs enfants. Il en fait les petits rats de son laboratoire. Il est face à un Meccano mobile, avec des bouts de gens, des bouts de vies, et il joue et il jouit. Il ne reconnaît la réalité que pour la transgresser. »

Duplancher commença très jeune. Il en voulait à son enfance. Elle était trop terne, trop simple, trop provinciale, trop chrétienne. Son père était représentant médical. Sa mère faisait de la formation pour adultes. Il y avait à la maison des livres, de la musique, le goût du théâtre, et la satisfaction que chaque jour ressemble au lendemain. Il y avait une sœur avant lui, et deux jumeaux après lui. Il y avait aussi quelques légendes familiales et bourgeoises ; on racontait par exemple que les aïeux, vendeurs de fromage et de rollmops, furent les premiers de la ville à avoir une voiture. À Roubaix, d'entre les briques rouges dont on fit les courées ouvrières comme les riches maisons d'industriels, suintent de vieux rêves de grandeur.

Arnold Duplancher a respiré la poussière de ces rêves dans le silence repu du cadre familial, comme à l'école des garçons. Il fit d'abord le bruit de la guerre et de la conquête avec ses petits soldats. Puis il prit ses quartiers sous la table où il décida qu'il serait intelligent et déçu par ses origines. Dans la famille on l'appelait Tulius Détritus, comme dans *Astérix*. On lui disait qu'il était méchant. Les soirs de grand vent, il priait pour qu'une catastrophe s'abatte et réveille sa vie. Les drames imaginaires devinrent ses alliés, il leur donnait rendez-vous à la nuit tombante pour tordre le cou à l'ennui. Lentement, il bifurquait. Il ne rêvait déjà plus comme les autres enfants qui font de leurs fantaisies diurnes un pansement sur les désordres et les conflits de la journée, et n'inventent les incendies et les tempêtes que pour mieux retrouver et sauver leurs parents à la fin. Le jeune Arnold, lui, fabriquait du drame. Mais, s'il fomentait beaucoup, il n'était pas du genre téméraire. Le jour venu, il était toujours à l'abri de quelqu'un, le plus costaud, le premier de la bande à avoir une voiture, ou encore un certain Jean-Pierre, qui avait son âge, des origines polonaises, et qui semblait régner sur sa grande maison et sa famille pleines de courants d'air. Plus tard, il chercha la compagnie virile des trotskistes, mais il était jeune et les utopies déjà vieilles. Il avait de toute façon rencontré le cinéma. Il oublia un exemplaire de son premier scénario sur la table à Roubaix. Son père le lut et s'étrangla. Tulius Détritus allait faire son premier film. Pouvoir enfin tripoter à découvert la réalité et les êtres. Les engloutir dans un monde bien à lui.

– Moi, je voulais faire quelque chose de très doux, je voulais faire une comédie romantique sur le thème de l'adoption. Je ne suis pas un sadique, je ne suis pas un pervers. Qu'est-ce que ça m'apporte à moi ? Rien. Où est ma jouissance à moi ? C'est absurde. Sur le tournage, je leur disais tout le temps : on doit sentir l'amour ! Je vous ennuie ?

La psychanalyste connaît par cœur la mécanique bien huilée de sa pathologie. Arnold n'assume aucune des douleurs qu'il a pu causer. Il se retranche toujours derrière la création, derrière le paravent de sa grande humanité. Mais son regard est un piège. Qui attrapa Marianne, son fils, fouilla leur passé et se fixa sur leur douleur qu'il rangea, comme on épargne, dans les tiroirs de son laboratoire.

Il a un intérêt compulsif pour les victimes, toutes les victimes. Il creuse ses galeries vers elles, il tombe d'abord sur les cadavres de la famille, puis les amours mortes de Marianne, il absorbe les échecs des amis, et creuse, creuse encore, loin et profond, jusqu'aux charniers de l'histoire. En 1985, il voit le film *Shoah*. Il décrète et théorise que ce film, et rien d'autre auparavant, marque la montée à la conscience des hommes de la Shoah, jusqu'alors restée à la lisière de la pensée. Il affirme que le savoir d'avant n'était qu'ignorance, piétine au passage Primo Levi, consacre Lanzmann comme son maître, se déclare son adepte... et voilà le génocide qui devient sa matière et intègre son laboratoire. Il aime alors de moins en moins la teinte blonde de ses cheveux. Quelques années plus tard, il offre à toute sa famille le DVD de *Shoah*, dont il signe la préface. Sa fascination est palpable, gênante presque. Certains finissent par demander à voix basse s'il n'a pas une faute familiale à réparer. Non.

Il se veut le courageux visiteur du trou noir, le passeur vers l'autre côté du miroir. Il est une mouche posée sur son époque, il suce les plaies, les béantes comme les superficielles. Voilà qui l'autorise à parler, à filmer, ou les deux en même temps. Voilà qui procure du pouvoir.

– Vous rêvez en ce moment ?

– Quand j'avais quatorze, quinze ans, je m'endormais en me disant qu'on peut faire un tout petit complot pour rendre dingue quelqu'un. Cette nuit, d'ailleurs, dans mon rêve j'avais encore cet âge-là environ. Quatorze ans... Il y avait deux échelles contre le mur d'une église. Une grande et une petite. Je montais à la plus grande, mais je me retrouvais toujours en haut de la toute petite. En bas, une foule me regardait, silencieuse, les yeux levés vers le ciel. Je me suis dit que c'était un rêve d'impuissance, une métaphore de l'érection. Je suis un homme fini.

– Mmm... On va s'arrêter là pour aujourd'hui.

La psychanalyste sourit intérieurement de cette glissade de trente minutes du nombril au zizi. Elle sait bien qu'il y a plus à dire de l'interprétation du rêve que du rêve lui même.

Il se lève, défroisse sa veste camouflage, s'apprête à lui tendre la main, mais il la retire, « Excusez-moi, je me suis brûlé, je ne peux pas vous serrer la main ».

– Que vous est-il arrivé ?
– Oh, pas grand-chose. Les suites d'une dispute avec Naomie. L'autre soir, elle m'a dit que je me comportais comme un monstre, elle a même dit que j'étais avec elle comme les nazis avec son père. J'ai pas supporté, j'ai pris ma cigarette et je me suis brûlé quatre fois le dessus de la main.

Suit un silence stupéfait. La psychanalyste se rappelle vaguement un conte de Borges, les premiers mots : « Nul ne le vit débarquer dans la nuit unanime... », les derniers : « Il marcha sur les lambeaux de feu. Ceux-ci ne mordirent pas sa chair », histoire d'un homme qui brûle et qui ne sent rien, parce qu'il n'est qu'une apparence, le rêve de quelqu'un d'autre. Duplancher est parfois le rêve de Duplancher. Le rêve est une terrible volonté de puissance.

Mais la séance est terminée. La psychanalyste finit par dire qu'il faudra parler de cela la prochaine fois. Arnold Duplancher tourne les talons. Mais il s'arrête, fait volte-face : « Vous ai-je dit que vous êtes dans mon prochain film ? »

Elle a fait signe que non, puis elle a répété au revoir. Pensive, elle regarde s'éloigner cette silhouette qui vient deux fois par semaine depuis huit longues années. « Pourquoi est-ce qu'il vient me voir ? » Elle a l'étrange impression qu'en lui parlant il ne fait que ranger, archiver, thésauriser des trésors de souffrances qu'il saura un jour rentabiliser.

Leur rendez-vous devait être un cadre de contention, un sas entre lui et les autres. Mais il ne contient rien. Les blessures aux proches, comme à sa main, la solitude qui en découle, d'année en année plus visible, tout conspire à l'irréversible. Dehors, il dit : « Ma psychanalyste pense que... » Il lui attribue des mots jamais prononcés. Il a fait d'elle un oracle à son insu, un principe d'autorité et, dernière nouvelle, un personnage de son film. D'elle, comme de tous les autres, il a une vision utilitaire.

« Pourquoi est-ce que je le reçois encore ? » Elle retarde le moment de lui dire qu'il faut arrêter.

Je suis hyper freudien ! Hégélien à mort ! La théorie, j'y crois à fond !

Arnold Duplancher, *Télérama*, juin 1996.

– Je déteste ces bestioles je déteste ces bestioles je déteste ces bestioles je déteste cesbestiolesjedétestecesbestiolesjedétesteces bestiolesjedétesteces

Jamais un pigeon n'était passé aussi près. D'un battement d'ailes, il a effleuré son épaule, frôlé son visage. Duplancher reste planté sur le trottoir, comme sur un caillou cerné par les crocodiles. Il n'avance plus. Il frissonne. Il tourne la tête vers la porte qui mène au cabinet de sa psychanalyste, au velours familier de son divan, à ses silences qu'il ne cherche plus à sonder, mais la porte est fermée à ses regards implorants, elle semble lui dire, comme peut-être la psy spectatrice derrière son rideau du deuxième étage :

« Débrouille-toi. »

Il a la chair de poule. Un pressentiment. Des souvenirs.

C'était il y a huit ans. Il sortait son troisième film. La blanche écume du sommet de la vague venait lécher ses baskets. Un soir, il trouva sur le pas de sa porte une boîte à chaussures. Il la ramassa, tourna la clé dans la serrure, rentra chez lui, posa sa sacoche et ouvrit le paquet. Les petits yeux vernis d'un pigeon mort le fixaient. Duplancher lâcha tout, tituba jusqu'au salon et tomba dans un fauteuil. Il se frotta le visage comme pour en effacer les salissures de la mort. Ses mains étaient humides. Il pleurait. Et c'est en pleurant qu'il appela son cousin, lui demanda de venir. La supplique sonnait chez lui comme un ordre. Le cousin accourut. Il ramassa le cadavre tombé de sa boîte. Tenta de détendre l'atmosphère.

— Ils ont fait ça bien, ils lui ont même coupé les pattes pour qu'il rentre dans la boîte, t'imagines la séance de boucherie !

Mais Duplancher n'était plus qu'une grimace protéiforme recroquevillée dans son fauteuil. La moue du jeune prodige absorbé qu'il offrait alors aux journaux était en piteux état. Bouche tordue, dents serrées, yeux plissés, mains nouées, genoux au menton. Un pigeon mort avait fait presque aussi bien que le pinceau cubiste d'un Picasso.

– C'est Faury, c'est lui, j'en suis sûr, je l'imagine bien coupant les pattes du pigeon avec son petit couteau suisse, gémit Duplancher.

Faury... Éric. Réalisateur. Il avait par voie de justice fait raccourcir le titre du film de Duplancher, *Comment je me suis engueulé avec Éric Faury*. Son avocat, un vieux monsieur nourri de films, un homme que le cinéma habite, et que le cinéma consulte, s'indignait des manières de ce Duplancher.

– Mais qui est cet homme capable de sacrifier amitié et amour, même pas pour un film, juste pour blesser quelqu'un dans un film ?

Et puis de sa mémoire débordante tombait un vieux film de Buñuel, « Ah, comment s'appelle-t-il déjà ? ».

Il reconstituait alors en pointillé l'histoire d'un roi et de sa boîte à musique aux mystérieux pouvoirs : quatre personnes meurent par un concours de circonstances, et le roi, qui ne les aimait pas, est persuadé que c'est lui qui les a tués, armé de sa volonté et de sa petite musique sous clé. Et la sentence de l'avocat tombait : « Eh bien, votre Duplancher est comme ce petit roi, il prémédite ses crimes, il croit faire le mal, mais c'est un piètre assassin. »

Et c'est ainsi que *Comment je me suis engueulé avec Éric Faury* est devenu *Comment je me suis engueulé... (ma vie sexuelle)*.

Mais ça ne suffisait pas à Faury. Il avait juré de casser la gueule à Duplancher, avec toute la rage d'un ami trahi et toute la précision d'une ceinture noire de karaté. Être l'ami de Duplancher, c'est lui tendre un mouchoir lorsqu'il renifle, lui offrir son toit pour la nuit, le conduire où il demande. Faury fit tout cela, passionnément camarade. Il l'hébergea lorsqu'il arriva de Roubaix, l'initia aux meilleurs des films américains. Ils passèrent ensemble le concours de l'École du cinéma. Faury l'eut, Duplancher non, mais une année durant il lui laissa ses cours, toutes les clés pour passer la porte la fois d'après.

Et voilà que Duplancher voulait offrir son nom en pâture au cul des bus, le gravait sur la pellicule en être arrogant et ridicule, déchirait d'une main leste leur passé et leur connivence. Le pigeon était-il un avertissement, un oiseau de mauvais augure ?

Faury ne l'a jamais dit. Deux jours plus tard, il lui collait son poing dans la figure.

Duplancher n'a rien oublié. Planté sur le bitume, à court de Lysanxia, il entend des cris de pigeons prêts à fondre sur lui, à colorier de gris le ciel encore bleu, teinté de la douce lumière du jour qui décline. Où sont-ils ? Cachés entre les pierres apparentes de l'immeuble de la psy ? Dans ces foutus arbres remis à la mode par la poussée écolo ?

Ils sont nichés dans sa mémoire. Elle crie moteur. Et le film commence.

Il voudrait être Robert Redford égaré sur le tournage des *Oiseaux*.

Redford est l'une de ses références secrètes. Il a tout décrypté du cheminement et des rôles de l'Américain. Il est d'ailleurs persuadé que Tom Cruise fait la même analyse que lui, tant il semble par ses choix s'inspirer de Redford et valider la théorie de Duplancher. Qui est celle-ci : pour échapper à son physique de jeune premier, il faut savoir être le méchant, être opaque. Duplancher le trop blond a parfaitement compris Redford le trop beau.

Alors il voudrait sentir l'Amérique sous

ses pieds, mais il n'y a que du bitume parisien, le flingue dans sa poche, mais il n'y a qu'une boîte vide de Lysanxia. Il voudrait voir autour de lui les rails d'une énorme machinerie de cinéma, il n'y a que le ballet urbain de gens pressés qui n'iront pas voir son film.

Il tâte sa poche. Elle vibre. Son portable apporte trois messages.

Premier message : « Arnold, c'est Mathias, j'ai été contacté par *Les Inrocks* pour signer l'appel à sauver l'intelligence, évidemment ils te veulent aussi, appelle-les... Nous on se voit toujours demain pour l'interview... Ciao. »

Deuxième message : « C'est Cacheton. Bon, quatre-vingt-treize entrées à la séance de quatorze heures... Il fait beau, les gens bossent... pas de panique. Faut attendre les chiffres de vingt heures. Je te tiens au courant. »

Troisième message : « C'est Maman, je viens de lire *Le Monde*, la critique est drôlement bonne. Ça nous fait plaisir. J'espère que cette fois tu auras plus de spectateurs, tu le mérites mon chéri... »

La voix maternelle a lentement remis Arnold Duplancher en état de marche. Il avance. Il fait en sorte de ne pas passer sous les quelques arbres qui jalonnent son passage. Il va vers chez lui. Il n'écoute plus son corps, son ventre qui crie douleur, ses jambes fatiguées de le porter, ses yeux las de guetter le pigeon, sa tête où les mots s'empilent comme des assiettes près de dégringoler... Mon film sort aujourd'hui, j'ai quarante-cinq ans, j'ai peur des pigeons, il me faut une ordonnance de Lysanxia, je veux rentrer chez moi, faut que j'appelle *Les Inrocks* puisque je suis intelligent, je le sais depuis que j'ai six ans, je ne fais que de la fiction, c'est qui la blonde, là, dans le kiosque ?...

C'est Mia Farrow. Il la reconnaît maintenant, figée sur le bas de page d'une revue croqueuse de célébrités. Même coupe blonde et crantée, même pâleur, même silhouette fragile. Elle pose avec son fils aîné, elle semble l'accompagner vers la lumière. Duplancher la déteste. Lorsque Woody Allen l'a quittée pour partir vivre avec leur fille adoptive, lorsque le scandale et son parfum d'inceste se répandirent dans les magazines, il s'est mis à acheter *Paris Match*. D'elle, il disait tout haut « la salope », avec toute la subtilité d'un supporter au soir de la finale. Double solidarité du créateur et de l'homme, face à l'actrice-femme araignée qui cernait d'enfants le penseur de Manhattan et ne devait ses premiers rôles qu'à son génie à lui. Duplancher trempa des semaines dans ce petit vaudeville new-yorkais, tel un détective privé, fouillant la vie de celui qu'il rêvait et rêve encore de croiser, à la recherche de ressemblances, de ces cicatrices que laissent les femmes.

La photo dans le kiosque ravive brutalement le ressentiment. Il est intact. Et puisque ce mot-là n'est jamais rangé loin, juste au bord dans les tiroirs du vocabulaire, prêt à l'usage, il revient flotter sur ses lèvres, « la salope ».

Au moins l'a-t-elle distrait des pigeons. Il poursuit son chemin. Mais il n'y a pas de répit pour les génies. Car voici que s'avance l'immense acteur, Daniel Auteuil, là, à dix mètres, en chair et en os. Impossible de traverser. Pas une bouche de métro pour s'y engouffrer, pas un café où se planquer. Duplancher transpire à nouveau. Son corps est en alerte, les brûlures sur sa main incandescentes. Huit mètres. Il l'a vu, forcément. Sept mètres. En fait il l'attendait. Six mètres. Il veut lui parler. Cinq mètres.

Que lui dire ? Vous avez reçu ma lettre ? Quatre mètres. Et s'il voulait lui casser la gueule. Trois mètres. Impossible, il a une réputation à tenir. Deux mètres. Il est de mèche avec le pigeon ? Un mètre. Attention, collision imminente.

En passant Daniel Auteuil a fait un petit sourire crispé, puis il a accéléré le pas. C'est sa manière de répondre à ceux qui le regardent fixement dans la rue. Il n'a pas reconnu Duplancher. Il l'a pris pour un admirateur. Alors il a souri.

Duplancher le regarde s'éloigner, les bras ballants. Il est comme cette canette vide de Coca-Cola qui se cogne au trottoir, emportée par l'eau du caniveau vers une usine de recyclage. Il n'est plus qu'à dix minutes de chez lui, mais le chemin lui semble interminable. D'un oiseau qui raye le ciel, il fait un bombardier. D'une blonde sur papier glacé, une horde de femmes à griffes. Des visages connus, l'armée de Marianne. Il regarde devant lui avec des yeux d'homme poursuivi.

Il marche encore un peu. Au premier café, il entre et va vers le comptoir. Il pense souffler quelques minutes, joindre son visage à la brochette des solitaires, le temps d'un express et d'une cigarette. Mais, dans le miroir bordé de bouteilles derrière le bar, la menace le regarde. Elle ne l'attendait pas, elle est là par hasard, elle l'a vu entrer, elle a serré les poings. Duplancher lève les yeux pour passer commande et subitement la voit. Menace à trois visages dont celui de Faury. Duplancher enclenche immédiatement la marche arrière. Ouvre la porte, sort, mais un bruit de chaises, dans le café, indique que Faury le suit. Duplancher avance vite maintenant. Les mots sont comme lui, en fuite. Il ne tente rien. Une main sur son épaule le fait pivoter. Faury l'avertit :

– C'est un principe, chez moi, je te vois, je te cogne, j'ai rien à te dire.

Et puis vient la torgnole, bâclée, expéditive. Le revers de la main sur la pommette droite. Duplancher a chancelé mais il n'est pas tombé. Du bout des doigts, il examine son visage. Ses agresseurs ont déjà tourné les talons, parce qu'il n'y a rien à dire, si ce n'est une vieille histoire.

Avant de rentrer chez lui, Duplancher est passé au commissariat.

– Nom ?
– Duplancher.
– Prénom ?
– Arnold.
– Profession ?
– Réalisateur.
– De quoi ?
– De cinéma.

L'agent lève les yeux vers le plaignant. Le scrute. Le passe au tamis de son petit fichier personnel des gens célèbres, mais ça ne donne rien. Alors il enchaîne.

– Motif de la plainte ?
– Je viens de me faire agresser dans la rue, regardez mon œil !
– Vous pouvez me décrire l'agresseur ?
– Oui, je peux même vous donner son nom.
– Son nom ?
– Éric Faury.
– Son mobile ?
– Une vieille histoire entre nous, d'ailleurs, j'ai déjà porté plainte il y a huit ans parce qu'il m'a déjà cassé la figure, il m'avait même envoyé un pigeon mort dont il avait coupé les pattes. Vous devez avoir ça quelque part...
– Récidive, donc ?
– Euh, oui, c'est ça, récidive, regardez

dans vos archives, vous trouverez forcément quelque chose.

— Si c'était il y a huit ans, vous savez, rien n'est moins sûr... Et votre main, c'est lui aussi ?

— Non, ça, c'est autre chose, une brûlure, ça n'a rien à voir...

— Comment ça vous est arrivé ?

— Rien... un geste idiot après une dispute avec une amie.

— ... Mais dites-moi, ça se passe toujours comme ça avec vos amis ?

Le policier écoute Duplancher d'un air à la fois intrigué et extérieur, comme si tout cela ne rentrait pas tout à fait dans ses attributions. Il finit par dire dans un soupir :

— En fait, c'est un règlement de comptes entre gars du cinéma.

Il promet de faire suivre. Ça sent le classement.

Duplancher n'insiste pas. Il n'a qu'une envie, rentrer chez lui.

Là il fonce vers le miroir. Il a l'œil droit gonflé. Dans la glace, c'est le gauche. Sinon, il est toujours blond. Il se passe de l'eau sur le visage. Il reste, debout, ruisselant face à son portrait de créateur maudit, les yeux dans ses yeux, abattu par la journée, angoissé par celle qui vient. Au programme, une interview et une conférence. Il s'attarde, s'observe encore, comme s'il guettait la chair qui enfle, la relève des couleurs autour de son œil violacé. Et puis soudain, il éteint la lumière, sort, va au salon, tire *Raging Bull* de sa pile de DVD, se pose à quelques centimètres de sa télé, attrape sa télécommande, choisit la scène.

De Niro dit à son frère Joey : « Fais-moi plaisir, frappe-moi au visage, mets-y le paquet... Plus fort... Allez, fillette, encore... »

Duplancher fait marche arrière et relance la séquence, mais chrono en main cette fois. Top départ. « Fais-moi plaisir, frappe-moi au visage, mets-y le paquet... » À 1'05, Joey enroule le torchon sur sa main. « Plus fort... Allez, fillette, encore... » 1'11. « Plus fort. Je suis ton frère aîné, Joey, fais ce que je te dis ! » 1'46, la scène est finie.

La télévision est devenue un autre miroir. Duplancher a quitté la salle de bains pour s'offrir un autre reflet. Il a l'œil droit abîmé. De Niro, le gauche.

Encore. « Fais-moi plaisir, frappe-moi au visage, mets-y le paquet... Plus fort... Allez, fillette, encore... »

À Marianne Denicourt,
Paris, le 13 avril 2003.

Marianne,

Je vois bien que tu me penses incapable de sincérité, d'honnêteté, ou de droiture d'aucune sorte. Donc j'ai peur, évidemment, que tu ne me croies pas si je t'écris que je t'ai entendue. Mais je t'entends, Marianne, ô combien ! J'ai néanmoins pris la décision unilatérale de désarmer : de supprimer des choses qui te heurtent dans mon scénario.

Par exemple, plus de temple, ni de protestant ; pourquoi parlerais-je d'une religion qui n'est pas mienne (quoique je voulais me convertir à douze ans, et j'allais au temple tous les dimanches !) ? Mais je suis né catholique, alors bon...

Surtout pas la fenêtre. Ça blesserait Marius et les parents de Joël, ce qui n'a pas de sens. Et ce ne sont là que les deux premiers changements évidents qui me sont venus à l'esprit.

Ce sera peu, trop peu pour toi – je comprendrais que tu préfères que je ne tourne plus de films du tout, ou des adaptations, ou peut-être du dessin animé ! –, et pourtant j'ai l'impression que ça peut te rassurer sur ma démarche.

Et surtout que ça protégera Marius et tes beaux-parents.

Je te l'écrivais déjà il y a un an, mais je suis pleinement coupable de t'avoir blessée si durement il y a un an. Je ne pense pas que j'en fus responsable, mais j'en fus putain coupable. Parce que j'écrivais avec brutalité le canevas d'un film doux.

Mon journal intime – tu l'as parfois lu – est torturé, violent, mal écrit, rageur, bilieux. Mais j'espère que mes scénarios sont doux, d'une brutalité tendre, passionnés et toujours pour mes héroïnes.

La grande bêtise que j'ai faite, il y a quelques années, c'est d'inventer ce titre idiot qui blessa Éric Faury quand le film ne lui voulait aucun mal. C'est vrai que ça me faisait rigoler, parce que j'étais très con, une insolence de prépubère. Et je m'en suis mordu les doigts.

Et c'est toi qui fus il y a un an au pilori douloureux de ton intimité blessée, exposée par ma faute. Et aujourd'hui tu aspires à la paix et au respect de ton intimité.

Comment dire à une femme que nous ferons tout pour protéger son secret, son chiffre que nous n'avons pas à connaître ? Mais que, dans le même mouvement, il serait abject de nier tout ce que tu m'as appris, et combien tu m'as ému ; de ne pas te connaître.

Ce film, pas un spectateur ne t'y reconnaîtra, je te le jure. Pas plus que Marius. Ce sera mon travail de tous les jours. Et pourtant ce film ne saura, dans le secret de nos cœurs à tous les trois, que dire la tendresse et l'émerveillement que j'ai eu de vous connaître.

Certains font profession de vérisme. Pialat, dans son genre, le faisait. (Et je sais ce que mes parents faisaient pendant la guerre ; pas la même chose que les parents de Pialat.) Moi, je ne sais être impudique qu'avec moi-même.

Quoi qu'il en soit, songeant à toi pour le meilleur,

Arnold

P.-S. : Je t'envoie une reproduction de l'image de Léda qui ouvre le film. Je me doute bien que tu t'en fiches, et j'espère que tu t'empresseras de la mettre à la poubelle ! C'est une image très catholique, puisque, avec Joyce, nous avons la faiblesse de croire en l'Immaculée Conception ! J'espère que tu y verras, ne serait-ce qu'une seconde, qu'il s'agit là d'un conte à la Hoffmann qui croise une comédie féerique à la Shakespeare. Même si le conte et la comédie furent bien sûr nourris par mes proches, les livres que j'ai lus, mes heurs et malheurs, bref, ce qu'on appelle bêtement l'expérience.

Marianne, je ne te volerai rien, parce que je ne suis pas un mauvais artiste.

L'affiche a les scotchs qui lâchent. Entre deux courants d'air, elle se laisse lire.

Existe-t-il un cinéma français ?
Conférence à 18 heures
avec
Arnold Duplancher

À l'heure dite, Duplancher arrive, d'un pas agité, derrière des lunettes noires. On le dirait déguisé avec un accessoire de star. Il serre la main des dirigeants de l'école qui l'accueillent, salue l'animateur du débat, vieille connaissance des *Cahiers du cinéma*. Il remarque l'interrogation dans leurs regards qui ne voient plus le sien.

Il se sent dévisagé. Défiguré par la couleur mauve qui cerne son œil et rampe maintenant jusqu'à sa joue, jusqu'à ses lèvres. Il y a une tache sur son visage, comme la marque de l'infamie, de l'ami trahi, toute la vérité sur ses manières d'auteur. Non. Se calmer. Repousser le cauchemar. Tout reprendre depuis le début. À l'heure dite, Duplancher arrive, d'un pas agité, derrière des lunettes noires. On le dirait déguisé avec un accessoire de star. Il serre la main des dirigeants de l'école qui l'accueillent, salue l'animateur du débat, vieille connaissance des *Cahiers du cinéma*. Il laisse glisser les verres fumés sur son nez, il a le geste un peu gauche du timide qu'il n'est pas : « J'ai pris une porte, hier. »

L'endroit n'est pas hostile. Arnold Duplancher est une référence entre ces murs, il y promène son rêve juvénile abouti, aligne citations et pensées obscures qui impressionnent une jeunesse pâmée devant l'indéchiffrable, il a pour lui la critique extasiée.

Lorsqu'il monte sur l'estrade, un vieux monsieur se lève et lui tend sa chaise. L'homme a les cheveux gris et coiffés sur le côté, des yeux malicieux derrière des lunettes en écaille, un pull-over sur une chemise blanche. Il n'est qu'un souvenir qui s'invite dans la tête de Duplancher. Gilles Deleuze s'était assis là en mars 1987, pour une conférence sur la création. Elle fit date, délivra un verbe chaud et fluide qui, comme le bronze, prit forme en refroidissant. Et Duplancher entend résonner les mots du philosophe, qui l'escortent et l'autorisent à prendre place :

« Un créateur, ce n'est pas un être qui travaille pour le plaisir, il ne fait que ce dont il a besoin. Il faut qu'il y ait nécessité, sinon il n'y a rien du tout. »

Il se reconnaît, travailleur de tous les instants, homme sans vacances, lecteur dératé. Il scrute les travées de l'amphithéâtre, comme s'il y cherchait la trace de son passage, de son apprentissage. Il était ce jour-là assis au premier rang, pas encore cinéaste, déjà plus étudiant, mais déjà presque lui-même, ses cigarettes blondes et brunes posées devant lui sur la table. Il notait, chaque mot, chaque phrase, comme plus tard il chronométrerait les films de Woody Allen, Scorsese ou Bergman. Il était donné à sa jeunesse de pénétrer le mystère de la création. Bien sûr il ne doutait pas qu'il allait entendre du philosophe ce que lui pensait confusément depuis toujours.

« Qu'est-ce que c'est, avoir une idée au cinéma ? Avoir une idée, c'est rare... », avait prévenu le philosophe.

Duplancher s'assied un peu doctoralement derrière la table. Seules ses jambes semblent indécises et nonchalantes. Ses mains sont prêtes pour l'emphase, ses lèvres pour le vœu monastique au cinéma, ses yeux se cachent. Duplancher s'en excuse encore : « J'ai pris une porte. » Puis il commence.

– Hier soir, j'ai regardé *Raging Bull*. Je me suis repassé certaines scènes jusqu'à dix fois. Car moi, j'ai hérité de la grande question du cinéma américain. Je travaille le lien entre les films américains et le fait de faire des films en France. Cette problématique ne concerne pas les cinéastes qui débutent aujourd'hui. C'est la mienne. Quand je suis entré dans cette école, j'avais dix-huit ans, notre génération était ignorante. Il fallait apprendre le cinéma français, ses enjeux, choisir une famille, comprendre la guerre des clans. Je m'y suis mis tardivement, j'ai rattrapé. Mais je connaissais mieux le cinéma américain, j'ai vu la naissance de Coppola, Scorsese, Eastwood, De Palma, dont ne parlaient ni les professeurs, ni *Les Cahiers du cinéma*. Moi, à dix-neuf ans, je rêvais de filmer des chevaux. Mon premier moyen métrage, *La Vie des goys*, est un western, un drame familial, avec des gens qui descendent de voiture plutôt que de cheval. Mais ça fait le bruit des selles. Il y a l'idée qu'à l'intérieur d'une famille les parents, quotidiennement, tuent leurs enfants. Je trouve que c'est un thème de western typique. En fait, j'ai fait un western dans un coin petit-bourgeois, en ville, parce que c'est mon milieu...

Duplancher manie la certitude comme un lasso, il tient l'auditoire à bout de mots, et pose ses rêves de grandeur sur la table. Il y a la poussière du Far West sur ses baskets et John Wayne est son ami. Les étudiants l'écoutent avec une honnête vénération. Le silence est studieux, respectueux pour le *lonesome* cinéaste.

Mais soudain son cheval se cabre. Il flaire le danger. Une attaque. Elle viendra du haut de l'amphi. Duplancher ajuste sa monture (ses lunettes). Il croit reconnaître un visage parmi les têtes d'aspirants médusés, un rictus de grande gueule qui ne croit plus à ce qu'il dit. C'est Faury. Mais Faury à vingt ans, lorsqu'il était étudiant, qu'il l'hébergeait, et qu'il était son ami. Et pourtant ses yeux dégainent les mêmes menaces que la veille : « C'est un principe, je te vois, je te cogne. »

À ces mots Duplancher se réveille. La main sur l'œil, la mâchoire ankylosée, la respiration rapide. Il crache un probable bout de dent, se penche sur sa montre : 2 h 43. Il se laisse retomber sur l'oreiller, ferme les yeux, en pensant à cette conférence qui l'attend le lendemain à la Femis.

Et puis, doucement, il se rendort. Reprend son cheval, ses lunettes noires. Et la parole.

– Ce qui serait formidable, ce serait de parvenir à faire dans le même geste des films qui seraient secs comme des films français et scintillants et vulgaires comme des films américains, et surtout ne pas être de bon goût comme les Européens. Moi, j'ai fait le film franco-français par excellence : des couples qui divorcent, qui se retrouvent et se remarient. Ensuite j'ai fait un film d'un genre secret que tout le monde ignore : le film fait par un Français en Angleterre, dont le prototype est *Fahrenheit 451*, que tout Français tournant en Angleterre refera immanquablement qu'il le veuille ou non. C'est l'apologie du malheur. Ça dit qu'être malheureux, c'est bien, que lire rend malheureux mais que c'est intéressant. Moi, je suis comme mon personnage Esther, je pense que les gens font tout le temps semblant de vivre des expériences incroyables. Pour moi, le second est un remake du premier... Bon, je vois bien qu'ils n'entretiennent pas les mêmes rapports que *Rio Bravo* et *Rio Lobo*, ce sont deux films différents, mais la partie qui se joue pour moi est un peu la même : où serait la vraie vie ? Ce serait bien quand même de le savoir pour pouvoir y aller...

– Dans ta gueule !

Faury jeune est de retour. Il chahute et menace le prestige du professeur. Mais il n'est plus seul. Ils sont nombreux maintenant qui tambourinent au seuil du cauchemar, visages parfois flous jamais remis d'une rencontre, collaborateurs virés sur un coup de tête, acteur humilié jusqu'aux larmes, regards familiers et rancuniers. Aucun d'entre eux ne prend de notes. Les feuilles posées devant eux sont déjà noires de reproches. On dirait des factures. Les cauchemars ont leur marque-page. Ils reprennent parfois là où on les a laissés.

Les murmures se bousculent, les voix ennemies se rapprochent comme une escadrille d'avions, prête à bombarder ses positions.

« Missiles idéologiques... », songe Duplancher.

Un jeune homme se lève, pâle. « Il y a quelques années, ici, vous m'avez démoli. »

Il avait voulu clore sa première année d'études par un petit film burlesque. Arnold Duplancher, qui le supervisait, l'avait regardé sans desserrer les dents : « Je ne comprends rien. Avez-vous lu *Le Regard de Buster Keaton*, de Robert Benayoun ? Non ? Alors vous n'êtes pas autorisé à faire du burlesque. »

– Ensuite, j'ai fait une dépression. J'ai tout lu sur Buster Keaton. Mais je ne suis pas plus avancé. J'ai même perdu le goût de rire, alors que j'étais un mec plutôt drôle. Aujourd'hui je suis perchman, je...

– Je ne m'adresse qu'aux auteurs, pas aux autres, l'interrompt Duplancher. Il y a des gens qui me trouvent insupportable et je dois vivre avec ça. Mais ce qu'on me reproche, c'est surtout d'avoir une pensée sur le cinéma. Et notamment de croire que, cinéaste, acteur, critique, chacun fait le même travail. Ça s'appelle du cinéma et c'est le territoire dans lequel j'habite.

Mais sa toge de messager n'est qu'un drap trempé de sueur. Le cauchemar a peuplé l'école de tous ceux qui lui en veulent. Là une grappe de garçons qui claquèrent un par un la porte de son atelier de direction d'acteur, il y a quelques années. Le stage prévu pour durer deux semaines perdit ses élèves en quelques jours, la direction de l'école fit gentiment comprendre à Arnold Duplancher que ce n'était plus la peine de revenir.

À droite, un bouquet de filles jacasse. Des brunes, des blondes, des rousses, des petites et des grandes, des plantureuses, des filiformes qui le regardent en riant, qui semblent avoir noué leurs cheveux les unes aux autres pour former une guirlande, une ronde de gamines qui l'encerclent.

– Et pourquoi dans tes films faut toujours qu'il y ait un gynéco, une fausse couche, le sang des règles qui coule sur nos cuisses ? On te dégoûte ? On te fait peur ? Arnold ! Arnold ! Ton imposture n'est pas que sexuelle mais intellectuelle. Arnold ! Arnold ! Ton imposture n'est pas que sexuelle mais intellectuelle...

Il voudrait répondre, dire : « Oui, ça m'intéresse, mais je n'ai aucune idée de ce qu'il y a à l'intérieur. Je ne sais pas comment on fait les enfants. Je crois qu'aucun homme ne le sait. »

Mais Marianne se lève.

– Arnold, tu me voles mon passé, tu le découpes, tu le révises, tu en fais un scénario. Et tu crois atteindre à la tragédie ! Mais tu touilles le cloaque, mon pauvre Arnold ! Le cloaque d'une époque obscure, en lambeaux, nombriliste. Tu manipules les histoires les plus personnelles, les plus douloureuses et fragiles, à ta guise. Tu dis : « C'est brutalement tragique. » Oh, tu vas sûrement captiver. Mais tu ne crées l'émotion que par la transgression. Tu es brutal parce qu'obscène. Tu confonds création et dévoilement. Tu m'as emberlificotée avec mon fils et les gens que j'aime. Ce que tu montres de ta haine est morbide et malsain.

Profitant de la pénombre, l'armée de Marianne a pénétré le repos du créateur et, de la pointe aiguisée de ses souvenirs, dessine sur son visage le masque de l'amertume. La nuit n'est plus une répétition du lendemain. C'est un tribunal. Où défilent, à charge, ancien copain, anciens élèves, ex-fiancée, actrices, acteurs, membres d'une tribu depuis longtemps effilochée.

Duplancher tourne dans son lit. Ses lèvres bougent mais personne ne l'entend. Son corps est en boule, on dirait qu'il se protège. Se réveiller. Se lever. Ouvrir les yeux. S'enfuir... Impossible, car voici le cousin, remonté lui aussi, qui l'attrape par la manche du pyjama.

– Dis donc, je suis passé voir la famille à Roubaix. Tes parents ne me parlent plus. Paraît que tu racontes partout que je fais une danse antisémite parce que, l'autre soir, bras dessus, bras dessous avec Emmanuel, j'ai fait deux pas façon Rabbi Jacob. Si on se fâche avec toi, on est antisémite, c'est ça ? Je te rappelle que t'es un petit blond doublé d'un catholique qui aimait beaucoup de Funès quand il était gosse.

Derrière lui, le patron du festival de Cannes. Duplancher réalise qu'il ne lui a envoyé ni lettres ni chocolats cette année.

À ce rythme-là, le célèbre entarteur ne va plus tarder. Après BHL, Toscan, Godard... moi, espère et redoute Duplancher. Mais le fouetteur de crème est trop occupé avec le gros gibier pour soupçonner l'existence d'un Duplancher et répondre aux convocations de ses cauchemars. Arnold est tout seul. Il est même quasiment à l'état de grenouille dans le formol. C'est bientôt la fin. Il voit défiler sa vie, son enfance.

— Je me souviens quand, avec mes frère et sœurs, on a vu *Le Livre de la jungle*. Le lendemain j'ai demandé à ma mère si elle avait aimé le film, que j'avais trouvé super. Elle m'a répondu : « Nous ne l'aimons pas trop. Parce que, pour nous, c'est un film de droite. » La scène où le singe joue de la trompette comme Armstrong posait problème. J'ai demandé à ma mère s'il fallait que je déteste le film, elle m'a répondu que non. Mais c'est pour cela qu'à six ans je savais que je lirais *Les Cahiers du cinéma*, parce que les films veulent dire quelque chose...

Mais cauchemar, ô cauchemar, l'ami des *Cahiers* ne l'entend plus. Il s'est assis sur les marches de l'amphi, micro en berne, dépassé par les événements. Et la salle, houleuse, jouit de la déconfiture du bavard.

Une image jaillit alors, précise. Duplancher est pharmacien, raide dans une blouse blanche, accoudé à son comptoir de province, où se reflète le clignotement de son enseigne verte dans la rue. Derrière lui, des piles impeccables de Lysanxia. Il y a là des milliers et des milliers de boîtes dont il surveille chaque matin l'alignement, chaque semaine la date de péremption. Le renoncement social ressemble à ça, au confinement d'un petit commerce de province.

Cette odeur de pharmacie, c'est la mort qui rôde. L'autopsie révélera qu'à trop avoir sucé le noyau intime de la vie, à trop l'avoir raclé de ses dents abîmées jusque dans ses ombres et ses recoins, Duplancher s'est étouffé.

– Dans mon deuxième film, *Le Guetteur*, je montrais un cadavre, c'était un faux parce que je ne pouvais pas m'identifier à un cadavre puisque je n'étais pas mort. J'avais voulu que le corps de ce garçon soit nu parce que c'est comme ça à la morgue, mais je n'osais pas vraiment filmer sa nudité parce que moi, je n'oserais pas être nu devant une caméra, je suis un peu pudique. Mais je me souviens, c'était un vrai morceau de corps que l'on voyait, les intestins étaient ceux d'une dame qui était morte deux heures avant et j'avais le droit de montrer ces intestins parce que, comme elle, j'avais mal au ventre. J'ai toujours mal au ventre.

Et c'est une crampe douloureuse qui finalement le réveille.

J'ai une culture sauvage.

Arnold Duplancher, *Télérama*, mai 1997.

Dans la salle d'attente du docteur Zucarelli, à l'heure du déjeuner, il y a d'autres visages que ceux du quartier. L'endroit est banal, un immeuble moderne et bourgeois du quinzième arrondissement, des murs vieillots, des revues plus ou moins datées pour tuer le temps. Le médecin est agréé par les assureurs du cinéma, c'est donc par lui qu'il faut passer pour obtenir son certificat, les quelques mots qui veulent dire « apte au tournage ». On murmure, dans son antichambre, l'histoire de ce monstre sacré qu'aucun assureur ne voulait plus couvrir parce qu'il était très vieux et qui vint là maintes fois plaider la vaillance de ses artères, celle de l'acteur alcoolique qui congédiait ses bouteilles dix jours avant le rendez-vous et venait là jurer de son sevrage, celle encore de cette actrice aux nerfs imprévisibles, connue pour déserter les plateaux, qui vanta tous les bienfaits de la médecine chinoise sur ses débordements. Le docteur Zucarelli connaît les secrets, les astuces et les penchants de chacun.

Mathias attend depuis une vingtaine de minutes, plongé dans un numéro de *Vogue* vieux de quelques semaines. Il y est en photo, parmi des acteurs de sa génération, d'une décontraction qui nécessita des heures de pose. Il y explique qu'il ne se parfume pas, elles lui disent toutes qu'il sent bon. La visite chez le docteur Zucarelli est pour lui pure routine. Il n'est guetté ni par le grand âge, ni par l'alcool. Acteur et réalisateur, il est plus cérébral que cascadeur et n'inquiète pas les assurances. Dans le dernier film d'Arnold Duplancher, il est le double de Duplancher... Ismaël, un artiste, quarante ans, dépenaillé, massif et sans gloire. L'ex de Nora, jeune femme qui élève seule son fils, dont le père est mort très jeune un soir qu'il rentrait sans ses clés...

D'abord, Mathias ne fait pas attention à celle qui entre dans la salle d'attente. Marianne, elle, l'a vu tout de suite, et hésite sur la chaise à choisir. Sa longue silhouette qui tergiverse attire finalement le regard de

Mathias. Ils sont l'un et l'autre embarrassés. Il voit des éclairs dans ses yeux. Des pensées muettes prêtes à bondir. De la main, il lui fait signe de s'asseoir à sa droite. Il sait que la passe d'armes est inévitable. Il n'a aucune chance si l'accusation reste perchée sur ses talons, et lui cloué dans le fauteuil en Skaï du docteur Zucarelli, avec *Vogue*, plein de sa décontraction et de sa bonne odeur, sur les genoux.

– Tu me dis encore bonjour ? lâche-t-elle en s'asseyant à sa gauche.

– Marianne, je sais que tu es blessée. Mais tu sais bien comment il fonctionne. Il colle ses fantasmes sur la vie des gens. Et c'est avec ça, c'est comme ça qu'il crée.

– Oui, ça, je sais, il est pervers.

– C'est vrai, mais c'est pour ça que c'est un grand cinéaste.

– Il a peut-être du talent pour filmer mais ce qu'il fait, c'est des saloperies !

Ils sont seuls dans la salle. Mathias, pourtant, parle tout bas. Comme s'il déposait un nouveau secret dans cette pièce qui en renferme tant.

Lorsqu'il avait reçu le scénario d'Arnold, tout de suite la violence qui y frappait Marianne lui avait sauté aux yeux : la fin tragique du père de son enfant, puis le cancer de son propre père. Duplancher avait ajouté quelques accessoires à l'histoire : un flacon de Penthotal dans les mains de la fille qui voulait abréger l'agonie paternelle, une lettre posthume, tissage serré de reproches et de haine, entre celles du mort.

Ma petite chérie,

Tu as été d'un égoïsme monstrueux... Je pense que c'est un peu de ma faute si tu es devenue ce que tu es.

Je voudrais ne pas t'aimer, mais des deux filles que nous avons eues, ta mère et moi, tu étais la plus jolie. Et tu avais besoin de me séduire et j'ai eu besoin d'être séduit. J'étais très seul, ta mère souvent à l'hôpital, ça t'a rendu la partie facile. Je t'ai aimée follement toutes ces années. Ta sœur s'est renfermée et toi, tu t'es épanouie. Chaque année plus agressive, plus vaniteuse, âcre, froide, superficielle...

Et je n'ai pas su m'empêcher de te chérir. J'ai une colère contre toi que je n'arrive pas à éteindre alors que mon corps est en lambeaux. Je brûle de colère devant ta rébellion mauvaise.

Je suis coupable parce que c'est moi qui ai poussé ma petite fille à être fière. Et tu es devenue chaque jour un peu plus dure. Comme du lait caillé, ta fierté a tourné en une vanité aigre. Ton orgueil est devenu une coquetterie stupide et agressive. Et j'avais tellement aimé ton orgueil.

Aujourd'hui je ne suis plus assez idiot pour te plaindre. Je ne te plains pas.

Tu es une outre d'amertume, mon enfant, comme moi. Tu es bien ma fille. Derrière ton rire sec, crois-tu que je n'entends pas comment tu jouis ? Tu jouis parce que l'orgueil rend faible et que ton amertume te donne une force terrible...

Je me suis inquiété souvent de la rébellion de ta sœur ; toi, tu étais toute soumise. Jusqu'à ce que je découvre, derrière ta soumission, une volonté et une envie qui me plongent dans la terreur. Je te crains, je te hais ma petite fille.

Je suis en train de mourir. Et je trouve ça tellement injuste que je meure et que toi tu vives. J'aurais voulu que tu aies mon cancer. Que tu souffres. Et qu'il me reste du temps pour te pardonner après ta mort. Alors je meurs dans la colère. Et je t'en veux de me survivre. Je voudrais que tu meures à ma place, et ce n'est pas possible.

— Tu sais bien qu'il est dingue ! dit Mathias.

— C'est pas parce qu'il est dingue qu'il a le droit de faire n'importe quoi.

— Mais il fait toujours ça. Dans tous ses films, il règle des comptes et les gens sont furieux, il a des procès. Faut quand même que tu saches que lorsqu'on tournait l'année dernière, ce qui revenait tout le temps dans ses indications, c'était « avec amour ». Tout le temps il disait que ce n'était que de l'amour.

– Oui, oui... C'est comme l'histoire du Japonais qui découpe sa fiancée en morceaux, la bouffe et qui dit au juge que c'était par amour ! Cet amour-là, personne n'en veut. Bien sûr, il parle d'amour, il ne parle que de ça, c'est un être d'amour, c'est une victime, blablabla...

La conversation se fige alors en un bloc de silence.

– Tu sais, je ne suis pas du tout ami avec Arnold ! lâche finalement Mathias.

– Non, bien sûr, personne n'est ami avec lui... C'est un type qui veut nuire, il essaie de briser les gens. Pour ça il use de sa renommée, c'est de l'abus de pouvoir. Y a une liste de plus en plus longue de gens qui ont envie de lui casser la gueule, qui ne veulent plus le laisser faire. Et toi, tu as hésité avant de faire le film, tu as réfléchi ?

– J'ai beaucoup réfléchi. En tant que créateur moi-même, je veux dire en tant que cinéaste qui se pose la question de la création, c'est très important de savoir ce qu'on fait et pourquoi on le fait. Et ce film

pose une question très importante sur la création : comment utiliser la vie des autres et ses propres fantasmes ? C'est une démarche créative passionnante.
— ...
— Toi, tu ne fais pas de films. Ce sont sûrement des questions qui te sont étrangères. Mais moi, en tant que cinéaste, je vis avec ça, pour ça.

Marianne se laisse aller contre le dossier de sa chaise. Elle sourit.
— C'est drôle, quand même. Toi qui cherches tout le temps à t'engager et de manière visible, qui penses toujours « bien », qui vas à la télé défendre le statut des intermittents, qui signes toutes les pétitions qui passent, tous les appels... le jour où on te donne le choix de faire ou de ne pas faire un truc dégueulasse, non seulement tu le fais, mais en plus tu argumentes. C'est très cocasse, quand on y réfléchit. Tu crois sans doute qu'il y a beaucoup de fond dans sa manière de faire du mal. Tu crois qu'il y a quelque chose dans le mal. Mais c'est sans aucun intérêt. Le mal, c'est rien. C'est juste l'absence du bien. Je suis peut-être conne, mais j'aime les gens du côté de la vie.

La porte s'ouvre. Le docteur Zucarelli passe une tête, salue Marianne, fait signe à Mathias de le suivre. *Vogue* rejoint la pile des magazines. La discussion retourne à son impasse. Mathias attrape sa veste. Juste avant de sortir, il se retourne et souffle à Marianne : « Tu sais, je suis probablement le prochain sur sa liste. »

Duplancher est déjà là lorsque Mathias arrive dans le café prévu pour l'interview. Ils sont tous les deux en avance.
— C'est quoi, ces lunettes ?
— Faury..., dit-il en découvrant son œil.
Un pli creuse subitement le front de Mathias. Les éclairs dans l'œil de Marianne tout à l'heure. Le mauve qui vire au noir autour de celui d'Arnold. Il réalise alors que les histoires, dont il n'a jamais voulu s'encombrer, commencent à laisser des traces. Avec le temps, l'âge, les trahisons, les larmes, les coups, tout se voit, dépose des meurtrissures sur les visages, des plis d'amertume aux coins des lèvres.
— Et ta main, c'est quoi ? Faury aussi ?
— Non, une dispute avec Naomie, elle m'a dit que je me comportais avec elle

comme les nazis avec son père. Alors je me suis brûlé avec ma cigarette.

Mathias ne renchérit pas. Après quelques gorgées de son café, et quelques hésitations, il lâche :

– J'ai croisé Marianne, ce matin, chez Zucarelli.

– Qu'est-ce qu'elle fichait là ?

– Comme moi, probablement, une visite médicale avant un film.

– Qu'est-ce qu'elle t'a dit ?

– Que tu es un ignoble pervers, et moi un collabo, elle a ajouté une petite morale à deux balles sur la vie, je lui ai répondu que nous avions des interrogations de créateur.

– Elle t'a pas suivi, au moins ?

Mathias lève alors les yeux vers Arnold. Comment lui dire que sa question est idiote, qu'il devrait se calmer, prendre une double dose de Lysanxia avant l'interview, qu'il est ridicule avec ses lunettes noires, qu'il pue l'angoisse ?

Le journaliste arrive. Il pose sur la table son magnéto, puis un bloc-notes dont la première page est noircie de quelques questions. Duplancher s'excuse pour ses lunettes : « J'ai pris une porte. » Mathias serre les lèvres.

– Je commence par la rumeur, parce qu'elle est tenace. On dit que c'est un film à clés, l'histoire douloureuse d'une actrice. Que ce ne serait pas le premier...

– AD : Pas du tout. Ce film est romanesque. C'est une relecture du *Théâtre de Sabbath*, des *Fraises sauvages*, de *Crimes et délits* et surtout d'*Une autre femme*. Il s'agit d'un conte à la Hoffmann qui croise une comédie féerique à la Shakespeare. Un film brutalement tragique et brutalement comique.

– Mathias : Le moule de départ pouvait ressembler à l'histoire de quelqu'un. Mais même des auteurs littéraires apparemment formalistes et abstraits traitent des données très personnelles. L'une des définitions de l'autobiographie est sans doute l'indécence.

– AD : Le pari de l'autobiographie, c'est que tout le monde a la même vie. Quand je lis Montaigne, je me dis que c'est exactement moi.

Arnold Duplancher machine à citations est lancé. Il sème références, influences, recrache tout ce que son intestin sinueux de cinéphile a ingurgité. Tout ce fatras égare, comme prévu, le journaliste, qui ne le dira pas. Non par timidité, il n'est plus un débutant, mais par la force et la lâcheté de l'habitude. C'est sa troisième interview de Duplancher, entre chacune quelques années s'écoulent. À la première, il s'est senti minuscule gratte-papier à la cervelle trouée de lacunes. À la deuxième, il s'est senti fatigué, rattrapé par ces picotements dans les jambes qu'il avait enfant, passé la première demi-heure du catéchisme. À la troisième, il a bien tenté de s'échapper, de trouver au sein de sa rédaction un autre volontaire, mais on lui rétorqua qu'il fallait de l'expérience et une signature pour traiter de Duplancher.

Il lui demande, un peu mécaniquement, quelles sont ses dernières lectures.

– Je lis des philosophes dont j'apprends par cœur des raisonnement, des pensées, que je garde sur mon ordinateur.

Mathias sourit.

– Arnold commence toujours ses phrases par : « J'ai une théorie là-dessus. » Il fait partie de ces gens impressionnants qui sont déprimants parce qu'ils instaurent, malgré eux peut-être, un rapport de compétition. Si tu vas au musée avec lui, par exemple, il sait tout. C'est horrible, on ne sait jamais s'il est en train de t'humilier...

Mathias maintient avec Duplancher ce que l'on appelle, sur l'autoroute, la distance de sécurité. Il n'est jamais loin, il taille la route avec lui, mais il sait qu'un fossé borde leurs certitudes. Au cours de l'entretien, il peut garder le silence, ou de quelques phrases sibyllines glisser quelques indices. De loin, autour de la petite table en Formica, on dirait trois garçons qui ont le même âge, le même ravitaillement vestimentaire, la même passion. Il n'y a là que des faux amis. De temps à autre, Duplancher surveille l'horloge au-dessus du bar, il ne tient pas à être en retard pour sa conférence à la Femis.

– La psychanalyse est un autre support de ton film. Ce n'est pas la première fois, c'est très important pour toi ?
– AD : Je n'ai jamais eu recours à l'analyse, mais j'aime y puiser un matériau que je trouve très romanesque. On y revient presque obligatoirement, que ce soit pour la littérature ou le cinéma.
– Depuis quelques années, tu es proche

de Claude Lanzmann. Tu es inquiet de la montée de l'antisémitisme ?

– AD : Il y a quelques mois, j'ai commencé à noter tous les propos antisémites que j'entendais et les noms de ceux qui les tenaient. J'ai une longue liste maintenant... Il y a bientôt vingt ans, avec son film *Shoah*, Claude Lanzmann a donné au cinéma cette grandeur, ce privilège de dénouer nos mémoires, enfin. Jusqu'à ce film, notre mémoire était confuse, négligente, souvent bête. Par la destruction-des-Juifs, nous n'entendions que des clichés ou des sentiments, et nous en rations le centre. Et par la puissance de ses images, Lanzmann a fait naître la pensée qui nous a enfin permis de nous souvenir. Je me rappelle ma grand-tante, veuve gaulliste, qui avait tricoté et cousu à Roubaix pour préparer l'accueil des premiers déportés de retour. Je me souviens comme elle a pleuré en me racontant sa culpabilité d'avoir stupidement préparé des habits à taille d'homme pour des gens qui étaient si maigres, comme elle a pleuré en me racontant : « On essayait de les nourrir mais ils mouraient. » Mais tout cela n'était rien ! Parce que ma grand-tante, tout aussi droite et laïque qu'elle fût, ne m'a pas appris la destruction-des-Juifs, elle est morte en 1983, *Shoah* n'était pas terminé, elle n'allait pas au cinéma et était délicieusement, indécrottablement goy. *Shoah* a inventé la Shoah. Il nous a fait voir une spécificité qu'on aurait pu, avec le temps, dissoudre dans les massacres du siècle. Il est grand temps d'en reparler.

– La dimension juive occupe une part importante de tes films...

– AD : Je suis catholique par mes origines, et j'ai besoin qu'il y ait dans mes films un conflit avec quelqu'un qui est juif. Parce que je ne sais pas parler de ça. Donc je prends des acteurs pour le faire, je dois les aider, les payer. La question, c'est de savoir si je m'intéresse à l'identité confessionnelle des gens qui jouent dans mon film. C'est une question d'une brutalité terrible. Est-ce qu'il faut que je mette un faux nez à la personne qui joue le Juif, est-ce que je dois me demander si l'acteur est juif ou catholique ? Comment je fais pour faire ça ? J'ai envie de dire que je ne sais pas réfléchir à ça. Je ne sais pas où est la vérité. Donc je suis louche sur la question et tout le monde l'est.

– Tu tiens à l'engagement dans une œuvre ?

– AD : Je n'arrive pas à être dans une problématique de l'engagement... Trop truffaldien pour ça ! C'est la génération d'avant, ça. Moi, ce qui me fascine, c'est ce que ça signifie dans un film. Il y a une scène qui m'avait frappé dans *Pretty Woman*, pour prendre un film qui n'est pas un film d'auteur. C'est quand je vois cette jeune prostituée regarder la télévision. Elle dit « On va se coucher » et puis le type ne sait pas trop, il décline. C'est le patron et il va taper sur son ordinateur. Elle est tout épatée qu'il refuse, puis elle regarde un truc genre *silly comedy* à la télévision. C'est très bizarre ce qui se passe entre ce type et cette fille qu'il a embauchée et qui éclate de rire devant la télé. Il y a de la politique dans cette scène... Je n'ai pas le désir d'employer des trucs militants ou des choses comme ça. Et pourtant je suis d'extrême gauche, enfin non, d'ailleurs, je n'en sais rien... Je ne sais plus ! En gros, oui, je suis d'extrême gauche. Enfin, j'imagine...

Ayant fait un film pour me débarrasser de ma famille, un deuxième pour prendre congé de mon pays, en voici un qui liquide ma petite amie.

Arnold Duplancher, *L'Événement du jeudi*, juin 1996.

J'ai déjà fait un film pour dire du mal de ma famille. J'ai déjà fait un film pour dire du mal de mon pays. Maintenant j'aimerais bien faire un film pour dire du mal de mes fiancées.

Arnold Duplancher, *Les Inrockuptibles*, juin 1996.

J'ai fait un film pour dire du mal de ma famille, un film pour dire du mal de mon pays, un film pour dire du mal de mes petites amies, je vais pouvoir commencer à faire des films tout court.

Arnold Duplancher, *Première*, juillet 1996.

La nuit tombe. Les chiffres aussi. Au deuxième jour, cent quatre-vingt-douze entrées sur Paris. Duplancher court. Il pleut. Il a relevé la capuche de son sweat-shirt, glissé dans ses oreilles le tempo du rap. Il court le long des grilles des jardins du Luxembourg. Il fait l'effet d'un fantôme habillé en jeune. Triste figure, le regard mauve et humide à droite, dévoré à gauche, les lèvres fermées sur un juron lisible.

Fait chier la vieille sur le banc qui balance du pain aux pigeons. Fait chier le journaliste et ses questions. Fait chier Mathias qui balance en douce. Fait chier Tarantino sur tous les culs des bus. Je le connais, moi, j'ai bouffé avec lui une fois à New York, une fois à Paris. Il n'a aucun complexe, il veut tout, la gloire, Hollywood, le pognon, et il ne se gêne pas pour le dire. Moi, je suis un minoritaire. Fait chier la pluie. Fait chier mon genou, j'ai oublié ma genouillère. Fait chier ma mère avec ses messages toutes les deux heures, « Alors, ça marche ton film, mon chéri ? ». Fait chier Cacheton et ses chiffres, je vais le larguer un jour celui-là. En attendant, je vais lui demander une télé écran plasma et un lecteur de DVD. Et aussi une nouvelle paire de pompes. Fait chier.

C'est l'heure où l'évangéliste de trottoir, posté à la sortie du métro, tire ses dernières cartouches, « Jésus m'a sauvé de la perdition... Pécheurs qui m'écoutez, ne résistez pas davantage », l'heure où ceux qui dormiront dehors repèrent leur banc, l'heure où le rimmel du matin bave sous les yeux des filles, l'heure où les bus ne passent plus que tous les quarts d'heure, l'heure où les files de réverbères clignotent, l'heure où les salles de cinéma s'emplissent. Combien en plus pour Duplancher ?

Il court. Il sue. Il est tout rouge. Depuis le ciel qu'il ne regarde jamais, il doit avoir l'air d'une petite trotteuse sur le cadran fleuri du Luxembourg, qui court malgré le temps, après le temps, qui ne lui laisse pas assez de temps. Déjà plus prodige, et pas encore grand.

Sa tête est un terminal dans le brouillard. Elle grouille de mots qui piétinent, de projets sans départs, de promesses qui affichent du retard. NTM jure dans son tympan : « Je sais que mes pensées peuvent avoir de l'influence... Je vise juste, je suis pas près de lâcher l'affaire, mec. » Mais une autre voix se superpose, échappée de la mémoire, qui bout et qui déborde. C'est le chuchotement du petit Arnold réfugié sous la table du salon, qui dit : « Je suis intelligent. » C'est Arnold qui relit tout haut le contenu d'une lettre : « Je ne suis pas un mauvais artiste. » C'est Arnold qui, depuis ses quatorze ans, bricole des petits complots. Il y a le feu sous son crâne. La menace luit dans ses yeux, la résolution s'inscrit sur ses lèvres pincées.

Un homme en imperméable le frôle et fait en chancelant un mouvement de recul. L'imperméable est le manteau des incapables, pense Duplancher. Il court, il souffle. Quatrième tour du jardin. Il a mal au genou. Mais il continue. Peau de chagrin du box-office, sous laquelle le muscle ne relâche pas, et le regard scanne tout ce qui passe. Une femme portant en haut un bonnet de grosse laine et en bas une jupe courte sur talons aiguilles. Il lui jette un regard mauvais. Tricot ou vamp, faut choisir.

Naguère, l'avenir fonçait sur lui, comme un vent de tempête, une météorite éblouissante, ou une horde d'Indiens orchestrés par John Ford. Et de ses rencontres, il faisait sa bande, prête à en découdre. L'avenir s'habille désormais comme ces gens sans goût qui marchent d'un pas lent et machinal. Il ne promet plus d'ascension, de risques imprenables, il ressemble à une pente douce et solitaire où les amis sont devenus de sincères ennemis. Hier encore, C. a fait sept lapsus antisémites. Duplancher n'aime pas être dehors, ses peurs augmentent.

Encore quatre tours. Au premier, il assassine de ses éphémères théories un couple, un vieux, deux filles qui rigolent, et décide qu'il tournera son prochain film en Amérique. Au deuxième, il égorge trois pigeons et se promet de faire l'ouverture du festival de Cannes, « Ils n'ont pas voulu de moi cette année, mais ils me referont pas ce coup-là encore une fois ». Au troisième tour, il veut des acteurs américains, Jodie Foster même, il a des tas de choses pour elle chez lui, dans sa pile de projets inachevés.

Il se représente alors cet enchevêtrement de papiers jaunissants, rangés entre le bureau et la bibliothèque, condamnés à l'attente et peut-être à l'oubli selon qu'il deviendra grand ou pas, lorsque subitement il réalise qu'il a laissé son dossier « Camp David » dans le bureau de Cacheton. Il ne s'en sépare jamais. Ou alors le range dans une pièce fermée à clé. À l'intérieur, il y a ses lettres écrites à Marianne, aux anciens amis, aux importants, aux penseurs de Saint-Germain-des-Prés, aux puissants d'ArtMédia, aux producteurs et acteurs de renom. Il leur dit sa bonne foi d'artiste maudit, puni, dénoncé, traîné en justice, son amour des femmes au destin brutal. Il n'a pas trouvé mieux que « Camp David » pour résumer l'affaire. Ces mots étaient posés sur le bout de sa langue, lorsqu'il referma la chemise. Il les écrivit, sans gêne ni sourire, empruntant les chemins qui mènent aux livres d'histoire.

Il court encore. Sa tête rembobine, « Oui, je suis coupable, j'aime Strindberg, Bergman, Allen, Philip Roth et l'impudeur de Truffaut ; je leur dois tout ». Mais voilà que son genou donne des signes de faiblesse, il le somme de tenir, de le laisser finir avec ses maîtres et Jodie Foster, mais rien n'y fait, l'articulation brûle, elle le menace, égrène les secondes avant la chute. Duplancher s'arrête. Il agite les bras, comme si une nuée de moustiques fonçait sur lui. Sa main droite agrippe la grille du jardin, il s'assied sur le bord du muret. Haletant. Il égoutte sa sueur, sa douleur et sa colère qui se mêlent en un torrent de hargne. Les deux mains qui tiennent sa tête font comme un mouchoir blême devant son visage.

Il ne voit d'abord pas l'homme qui le regarde, penché en avant les mains sur les genoux, les yeux plissés pour mieux voir.

– Monsieur Duplancher, j'ai bien failli ne pas vous reconnaître. Mais dites-moi, vous n'avez pas l'air en forme. Et qu'est-ce qui est arrivé à votre œil ?

– Oh, bonjour !

Duplancher éteint sa musique. Sa respiration est saccadée.

– Alors, votre œil, qu'est-ce qui lui est arrivé ? insiste Nathan.

– Oh, rien, j'ai pris une porte hier...

– Ah, vous ne m'avez pas l'air en grande forme. C'est moi le vieux à la retraite, pas vous !

– Parfois, je me dis que j'en suis plus très loin...

– Allez, allez... Et votre main ? On dirait que vous vous êtes brûlé ?

– Oui...

Le vieil homme s'est posé lui aussi sur le muret. Il se demande, à contempler Duplancher, comment on peut être si jeune à une certaine heure et si vieux l'heure d'après. C'est une question qu'il se posait parfois derrière la fenêtre de son kiosque avec vue sur les visages du quartier. Il les voyait si changeants.

– Je les lis moins qu'avant, mais je suis sûr qu'ils disent toujours du bien de vous dans les journaux...

– Mmm...

Être assis là, à côté du vieux Nathan, à bout de souffle, la rotule en feu, l'œil poché, la main brûlée, toutes cicatrices dehors, tandis que celle de son voisin est à l'abri des regards et de la pluie sous la boutonnière de sa chemise et la manche de son imperméable, lui procure à la fois gêne et plaisir.

– Et vous, que faites-vous de vos journées ?

– Oh, plein de choses, d'abord je me repose, j'ai des parties de cartes avec des amis, je regarde quelques feuilletons à la télé...

Duplancher ne sait que répondre. Il méprise cette habitude prise de vivre sagement qui coule telle une camomille dans son gosier. Mais il ne peut mépriser cet homme. Tout juste s'il laisse percer sa déception.

— Vous n'écrivez pas vos souvenirs, alors ?

— Non, je vous l'ai déjà dit, d'autres l'ont très bien fait. Moi, pendant quinze ans, je me suis levé à cinq heures du matin pour vendre des mauvaises nouvelles, alors maintenant je me repose !

— Je vous disais ça parce que vous êtes un témoin, ceux qui l'ont été disparaissent. Vous avez vu un peu ce climat antisémite... ?

— Je sais tout ça. Mais je ne suis pas un écrivain...

Le vieux Nathan éprouve lui aussi gêne et plaisir à cette compagnie. Il aime bien ce réalisateur toujours décoiffé, qui ne lui aurait pas fait l'infidélité d'un autre kiosque pour acheter son journal. Il a d'abord été touché de son intérêt pour son histoire, il la lui a racontée devant un café, une fin d'après-midi pluvieux après la fermeture.

Duplancher posait une foule de questions, lui s'excusait de sa mémoire floue, construite avec des yeux, des émotions et des barricades d'enfant. Il y eut ensuite d'autres cafés car Duplancher voulait en savoir plus. Sous son front barré de deux lignes horizontales, Nathan fouillait ses souvenirs, mais s'y aventurait prudemment.

Et puis, un matin qu'il était très heureux de la réussite de sa fille à son examen et qu'il le disait tout haut et fièrement à ses meilleurs clients, Duplancher lui répondit par d'évasives félicitations polies, soudain moins curieux. Nathan en fut triste. Il réalisa alors que les yeux de Duplancher le regardaient au poignet, et aussi qu'il n'y avait jamais remarqué l'étincelle de la gaieté.

– Bon, ben je vais y aller, dit le vieux Nathan en se levant. Ça m'a fait plaisir de vous voir, mais faites attention à vous, vous laissez pas aller !

Duplancher le salue, le regarde s'éloigner. Il décide de rentrer lui aussi. La nuit est tombée. Elle grandit les arbres. Il se lève en grimaçant et se met à marcher doucement en boitant un peu. Il n'y a plus de file d'attente devant les cinémas, c'est l'heure de la séance. Une voiture ralentit au moment où elle le dépasse, elle freine, puis fait marche arrière. Duplancher s'écarte du bord du trottoir, s'en va raser les murs. On n'est jamais trop circonspect quand on est une cible. Il traverse encore deux rues. S'arrête devant l'affiche de son film, reste un moment au garde-à-vous puis reprend sa route. Il frémit encore quand, à deux pas de chez lui, la porte entrouverte d'un bistrot laisse échapper de fortes voix. Il somme son genou d'accélérer la marche. Cherche ses clés. Dans le couloir de son immeuble, il se souvient qu'il n'a pas pris son courrier. Il hésite, puis ouvre sa boîte aux lettres. Là, une enveloppe, une écriture qu'il reconnaît immédiatement.

Arnold,

Ne m'écris plus. Je n'ouvre plus tes lettres. Je les reconnais, je les renvoie aussitôt. Je sais que je ne suis pas la seule à faire ainsi. Nous sommes quelques-uns à savoir ce que cachent tes mots, tes idées, tes grimaces, tes films.

Et je t'imagine, ramassant ton courrier le matin, et n'y trouvant plus, année après année, que des lettres de toi. De toi à toi. Que fais-tu alors ? Décachettes-tu l'enveloppe ? Te relis-tu ? Que t'inspirent tes jérémiades, tes suppliques, tes gages d'amitié et tes déclarations d'amour lorsqu'ils reviennent en plein dans ta figure de faussaire ?

Tu n'es pas minoritaire, Arnold. Tu es seul. Minoritaire supposerait un combat, une résistance de ta part. Mais contre quoi luttes-tu ? Tu te fais les griffes sur le voile de l'intimité, tu veux le déchirer, être celui qui transgresse. Tu confonds création et voyeurisme. Bien sûr que celui ou celle qui écrit une histoire puise dans la vie et les souvenirs, mais il en croise délicatement les fils, les tricote, car toute création retisse le voile. J'ai retrouvé dans ton scénario des choses qui n'appartiennent qu'à moi, et aux miens. Elles ont macéré dans ta mémoire et ta bile, et puis tu les recraches, mastiquées, déformées, avilies. Défiguré, mon père dont tu tiens la main agonisante pour m'écrire une lettre pleine de haine. Entaché, mon amour de jeunesse, auquel la vie n'a pas laissé le temps de s'user. Il a donc fallu que tu t'en charges, qu'à ton gros plan sur la fenêtre-tombeau tu ajoutes les cris d'une dispute, la menace du suicide, la faute, la poudre du revolver. Méprisé, mon fils, auquel tu voles ses deuils, son histoire, ainsi qu'une lettre que tu lui envoyas et que tu retranscris telle quelle dans ton scénario pour prétendre faire un film sur l'adoption.

Va te faire foutre avec ta création et tes milliers de références de petit rat de cinémathèque. Ça pue la haine et le règlement de comptes, ton film. Tu frôles la pornographie dans ton comportement. Y a rien à voir derrière le voile, simplement des vies, plus ou moins gaies, plus ou moins réussies.

Je me souviens de mon père rigolant lorsque nous sommes sortis ensemble. « Alors, tu l'as trouvé, ton génie », qu'il disait. Il savait. Oui, lui savait. L'intellectuel qu'il était avait rapidement débusqué Arnold l'éponge. Moi pas. Je me souviens aussi d'un soir à Houlgate. En regardant le ciel je t'ai raconté ce que mon grand-père, qui était pilote, m'avait appris des étoiles qu'il avait approchées. Et tu as ri. Tu t'es foutu de moi, écrasant de tes « vrais problèmes » la Grande Ourse, Vénus, l'étoile du Nord et toute la Voie lactée. Tu te croyais si fort. Le pire, c'est que je l'ai cru aussi.

Tu commenças en jeune prodige, et je fus de cette aventure. J'avais peur déjà de certaines scènes où je croyais déceler des attaques. Je suspectais quelque chose dans ton regard, mais je n'avais pas encore compris que, là où il se posait plus de cinq minutes, le piège doucement se refermait. Tu me détrompais chaque fois, « Ne te fais pas de mauvais sang, Marianne »... Et puis le film se terminait, la critique aimait, oh, qu'elle aimait et aime encore Arnold Duplancher, « dont l'œuvre ne témoigne pas moins d'une volonté d'intelligence du monde par l'art », et j'oubliais mes doutes, je me laissais distraire comme nous tous par la reconnaissance. Sans voir tes premières victimes sonnées. Il a fallu qu'arrive mon tour pour que je réalise. Et je ne peux plus revoir ces films faits ensemble sans les trouver trop bavards. Je t'y entends trop. J'y vois tes manigances. Ce qui fit mal au sein de ta famille. Ce qui blessa un ami.

Paraît que tu t'es à nouveau fait casser la gueule. Que ton œil droit est mauve, que tu t'en prends à la même porte que la dernière fois. Oui, les nouvelles vont vite. Le bouche-à-oreille ne t'est plus favorable. Je sais que cinq actrices, et non des moindres, ont refusé le rôle que tu leur proposais. Tu t'es abîmé. Isolé. On ne fait pas de mal impunément. Ça finit par se voir.

Nous parlons de toi parfois, comme d'un ex qui a mal tourné. Car avec nous tous, garçon ou fille, à un moment ou à un autre de nos vies, tu as fabriqué un rapport amoureux, tu nous as installés au chevet de tes maladies imaginaires, dans tes films, dans les pages amères de ton journal intime. Et nous finissons ou finirons tous, ex de la tribu, dans un de tes scénarios, cercueils où reposent amitiés et amours trompées. Ton mécanisme est clair : adulation-approche-utilisation-digestion et puis tu nous chies.

Mais je veux que tu saches que dans ces moments, où nous nous retrouvons, nous rions. Qu'est-ce que nous rions ! Le rire évidemment ne fut pas immédiat. Après avoir lu ton scénario, je suis restée prostrée chez moi. Pour les autres qui m'ont beaucoup soutenue, il y eut la stupeur, la nausée, la lumière crue qui bousille les souvenirs. Mais c'est du passé... Un jour, nous nous sommes retrouvés à quelques-uns dans un café, et le rire était là. Tu es devenu notre personnage préféré, notre clown, notre fou, notre Méphisto de carnaval. Chacune de tes phrases savantes à la presse nous emballe. Et nous avons concocté pour toi la liste de tes prochaines victimes. Elle est longue, trop longue sûrement, car il ne faut te prêter aucun courage. Tu appuies sur des plaies, jamais sur du solide. Tu n'es pas un minoritaire, Arnold. Tu es seul et dingue.

Cette lettre, la dernière, c'était donc pour te dire que tu ne fais plus mal, que tu ne dois plus m'écrire. Et que ça fait du BIEN de te tailler un costard.

Marianne

Nous remercions chaleureusement
Antoine, Catherine, Daniel, Emmanuel,
François et Sandrine ; Jacques, Juliette,
Miguel, Philippe, Sébastien.

Et tout particulièrement
Arnaud Desplechin.

*Ce volume a été composé par
I.G.S.-C.P. à L'Isle-d'Espagnac (Charente)
et achevé d'imprimer en janvier 2005
par* **Bussière**
*à Saint-Amand-Montrond (Cher)
pour le compte des Éditions Stock
31, rue de Fleurus, 75006 Paris*

Imprimé en France
N° d'édition : 56157. – N° d'impression : 050303/1
Dépôt légal : janvier 2005
54-51-5733-04/8
ISBN 2-234-05733-7